PATRICK CAUVIN

Tout ce que Joseph écrivit cette année-là...

ALBIN MICHEL

JOURNAL

Je serai beau demain.

C'est ce que j'ai dit hier.

En fait, je me dis ça chaque soir devant la glace en me brossant les dents, puisque, paraît-il, il faut se brosser les dents chaque soir sous peine que ça pourrisse pendant la nuit. C'est un truc magique, un soir vous oubliez de vous frotter les quenottes au dentifrice et le lendemain, c'est tout vert. Jusqu'aux gencives, tout moisi entièrement, pas rattrapable, même les grands dentistes ne peuvent plus rien pour vous : il n'y a plus rien à arracher, c'est la désolation complète dans la bouche jusqu'à la fin de vos jours.

Oui, donc je me fais la promesse tous les soirs : demain je serai magnifique. Alors on peut se demander pourquoi est-ce que je ne l'étais pas aujourd'hui. Réponse : je n'y ai pas pensé.

Ça, c'est une drôle d'histoire, je pense tout le temps que pour être beau, il faut forcer, se concentrer, et moi j'oublie, donc je tourne moche très vite. Mais un jour je vais m'y mettre, je vais m'appliquer un max et les gens se retourneront.

Ça part de l'intérieur, c'est un truc à trouver, on se concentre et ça se diffuse vers la surface. Je pense totalement à Mel Gibson et si je force assez, je ressemble à Mel Gibson. Je dis Mel Gibson, ça pourrait être un autre, mais je trouve que Mel Gibson c'est bien pour les filles. Pas trop joli mais baraqué et sportif, en plus dynamique.

Le problème c'est que j'ai onze ans, et à onze ans c'est plus dur de ressembler à Mel que lorsqu'on est vieux, disons grand. Parce que là, le problème, c'est que je ne tiens pas à ressembler à Mel Gibson à onze ans, ça je m'en fous. Ce que je veux, c'est ressembler à Mel Gibson comme il est aujourd'hui – avec les rides et la virilité et tout le reste, c'est autre chose. Parce que peut-être quand il avait mon âge, il avait l'air aussi tarte que moi, alors c'est vraiment pas la peine que je me casse le cul.

Donc voilà, je ne sais pas qui m'a mis ça dans la tête, mais j'y crois : un jour j'arriverai à ressembler à qui je veux. Suffit que j'y pense, mais avec tout ce qui arrive dans une journée, l'école, la télé, les courses à faire, la chambre à ranger, le foot, les devoirs, la cantine, le métro, j'en passe et des meilleures, j'oublie ou alors à un moment j'arrête, je me dis que c'est pas la peine d'avoir la jolie tronche parce qu'à quoi ça servirait ? Plus tard, quand je serai plus vieux je dis pas, quand les filles viendront... Pour le moment c'est calme de ce côté-là, alors je peux arrêter de me crisper, je me détends et crac, ça y est : je suis moi, c'est-à-dire moche.

Enfin pas vraiment moche, pas atroce, mais pas terrible quoi, avec pas assez de choses dans le visage : j'ai beau avoir deux yeux, un nez et une bouche, ça fait vide quand même, je ne sais pas pourquoi. Et puis alors le profil, ça ne pardonne pas, dans le miroir de papa pour se raser, on peut se voir sur le côté, et je me souviens de la première fois où ça m'est arrivé. J'ai failli sauter du cinquième, j'ai cru que c'était la glace qui déconnait, qu'il y avait un défaut..., pas du tout, je trouvais pas mon menton. Y avait une raison à ça, toute simple : je n'en ai pas. Ça, c'est un truc incroyable, ça part de sous la lèvre et hop, ça filoche. Comme les soles meunières. L'inverse de Mel Gibson. Ça m'a foutu un coup et depuis, je tente de ne JAMAIS (je souligne *jamais* trois fois) me montrer à quelqu'un de profil. Ça n'a l'air de rien mais c'est éreintant. Il faut que mentalement je me transporte à l'endroit où se trouve l'autre et que je calcule l'angle sous lequel il me voit, et crac, je me tourne aussitôt pour qu'il me saisisse de face, ça m'oblige à bouger tout le temps ; le résultat de tout ça, c'est que sur le carnet scolaire, qu'est-ce qu'elle marque la mère Brotteau ? Dissipé.

Et voilà comment on écrit l'histoire. Comme si c'était de ma faute. Elle a qu'à me refiler un menton, je remuerais moins. Seulement, les profs et la psychologie, c'est pas dans le même sac à dos. Surtout pour la mère Brottcau, alors elle, c'est simple, il n'y a rien au-dessus d'« Eugénie Grandet », et Eugénie Grandet par-ci, Eugénie Grandet par-là... Et en plus, il se passe rien dans « Eugénie Grandet » ; dès le début on comprend que le type, il reviendra pas se marier avec elle. Qu'est-ce qu'il irait foutre à Saumur ? Et elle, qu'est-ce qu'elle fait ? Elle se colle à la fenêtre et elle attend, voilà, toute sa vie elle attend, tranquille. Avec l'autre gros avare et sa grande saucisse de servante. Ça me fout le moral à zéro. On a dû faire TROIS, je souligne encore, trois rédactions sur Eugénie Grandet, la dernière c'était vraiment le comble : « Décrivez, en utilisant la méthode qu'emploie Balzac, le mariage d'Eugénie Grandet. »

Dès qu'elle a dicté le sujet, j'ai su ce qui allait arriver ; ça n'a pas traîné : il y a Meringaud, Gaugaud la Meringue, qui a dit : « Mais m'dame, elle se marie pas ! »

Ça, j'en étais sûr qu'il dirait ça. Par exemple, quand on joue à la Mafia, on lui dit : « Toi la Meringue, t'es le chef de la brigade des stups. » Il se redresse, il prend l'air interloqué et il dit : « J'suis pas chef de la brigade des stups ! »

Faut bien lui expliquer que c'est pour de rire. Bref, il a des problèmes avec son imagination. La Brotteau, elle a dû bien spécifier : « Vous supposerez qu'Eugénie se marie. Vous supposerez. Vous savez ce que c'est qu'une supposition, Meringaud ? »

En fait ce que je crois, c'est qu'elle aime tellement ce roman qu'elle voudrait qu'il finisse bien, que ce soit joyeux. Et puis, mais alors là on s'avance dans les grandes profondeurs, c'est que la mère Brotteau elle ressemble à Eugénie Grandet : parce qu'on dit la mère Brotteau, mais c'est mademoiselle Brotteau, on le sait parce qu'elle a pas d'alliance.

Alors, à mon avis le bouquin, c'est son histoire, sauf que c'est pas la même époque et qu'elle habite à La Garenne-Bezons au lieu de Saumur et que son père était peut-être pas avare.

Selon moi elle a attendu un type qui s'est carapaté et quand elle a lu le bouquin, elle s'est dit : « Tiens, mais c'est moi ça ! Je vais le faire étudier en classe. » Et qui c'est qui dérouille ? C'est Bibi. Et tous les mecs de la 6e B.

Bref, ça lui permet de parler d'elle. Personnellement ça m'est assez égal parce que après, on va étudier Victor Hugo, « Notre-Dame de Paris », et comme ça fait trente-cinq fois qu'ils passent le film à la télé, c'est foutu du point de vue du suspense : on sait déjà qu'il y en a pas un qui s'en sort, même pas Anthony Quinn.

Bon, j'arrête là parce que je commence mon roman aujourd'hui. Un nouveau. C'est le vingt-septième.

J'aime bien écrire.

ROMAN

Mel Stanwood sortit son briquet marqué de ses initiales en pierres précieuses et alluma sa cigarette sans filtre et mentholée. Il portait ce soir-là un smoking blanc avec des boots de cow-boy en phoque sur le dessus et une chemise en soie très chère. Il était bien coiffé avec du gel fixant et rasé Gillette. Rien qu'à le voir, on sentait qu'il sentait bon. Il portait aussi un pantalon avec le pli et une cravate mauve avec des rayures et des dessins dans tous les sens.

Ce que personne ne pouvait voir, c'est qu'il avait sous sa très belle veste souple deux revolvers automatiques chromés avec le bidule infrarouge pour voir la nuit, et le silencieux vissé sur le canon. Si ses poches avaient été transparentes, on aurait pu voir à travers plein de balles pour recharger.

Mel Stanwood n'était jamais pris au dépourvu. Il avait déjà tué beaucoup d'hommes avec ses deux pistolets, mais aussi avec sa mitrailleuse démontable dissimulée dans le coffre de sa Porsche Carrera décapotable couleur rouge sang avec les sièges cuir, rouge pareil que la carrosserie qu'il aimait tant.

Il fit deux pas pour descendre les marches de marbre vert veiné de blanc du palace « El Demonico » et décida de faire quelques pas sous les palmiers de la plage. En fait c'était des cocotiers, mais Mel ignorait tout de la botanique, cela ne l'avait jamais intéressé car ce n'était pas utile pour son travail

Mais quel était son travail ? C'était tueur à gages-espion.

Soudain, comme il marchait dans le sable, une femme s'approcha de lui. Elle avait une robe tellement courte que les gens disaient : « Tiens, elle a oublié d'en mettre une », et très bien coiffée avec les cheveux qui pendent partout comme dans la jungle. Ses yeux brillaient comme les bouts de verre sur les bagues de motard et elle s'appelait Jennifer. On en est sûr parce que, quand elle s'approche de Mel, elle dit :

— Salut, je m'appelle Jennifer.

— Ah, dit Mel, j'aime bien Jennifer, ma femme s'appelle Jennifer.

Si elle avait dit : « Je m'appelle Eugénie », il aurait dit : « Ah ! j'aime bien Eugénie, ma femme s'appelle Eugénie. » Mais alors, vous allez dire, comme elle s'appelle sa femme ? Jennifer ou Eugénie ? Eh bien, c'est là qu'est toute l'astuce de Mel, sa femme c'est ni Eugénie ni Jennifer, c'est même pas un troisième nom, elle s'appelle pas parce que Mel n'est pas marié.

Pourquoi il dit ça ? Eh bien, pour avoir la paix, parce qu'il est tellement beau avec ses yeux magnifiques et son grand menton que toutes les femmes s'approchent de lui et disent : « Salut, je m'appelle Ursula. » Ursula ou tout autre nom d'ailleurs, et lui, il dit que c'est joli pour la politesse, mais il rajoute que sa femme aussi, comme ça il est tranquille, elles ne vont pas chercher à lui faire des bisous mouillés ou des chatouilles ou tout le reste puisque c'est râpé pour elles, la place est prise.

Mais celle-là, elle est plus compliquée parce que c'est une espionne et qu'elle veut le code d'entrée pour les secrets militaires américains, mais ça, pour l'obtenir de Mel, faut se lever de bonne heure, et même pas se coucher du tout parce qu'il est général en civil et que même les tortureurs viets ne sont pas arrivés à le faire parler, même quand ils lui ont mis tous les doigts et les orteils dans quatre grille-pain.

Elle ondule devant lui comme si elle était en caoutchouc et sourit de sa grosse bouche peinte en violet luisant.

— Et vous, comment vous appelez-vous ?

Mel n'hésite pas une seconde.

— Freddie, dit Mel.

Quand on lui demande comment il s'appelle, il dit toujours « Freddie », c'est un truc qu'il a appris à l'école d'espion où il allait autrefois. En général, les gens le croient : « Ah bon, c'est Freddie..., salut Freddie, au revoir Freddie, etc., etc., etc. » Ils s'en vont en se disant : « C'est pas lui que je cherche » et : « Où a bien pu encore passer ce sacré Mel ? » Mais cette fois ça ne marche pas, parce que Jennifer a vu une photo de Mel, et elle sait que le type qui est en face d'elle, c'est pas Freddie mais Mel, alors que, ce qu'il faut bien expliquer, c'est qu'elle, elle est vraiment traîtresse parce qu'elle s'appelle pas Jennifer, elle dit « Je m'appelle Jennifer », mais c'est pour tromper, exactement comme Mel quand il dit « Je m'appelle Freddie » comme c'est marqué plus haut puisqu'en fait, elle s'appelle Géraldine, mais à chaque fois c'est pareil, elle dit « Jennifer ». Elle a dû aller dans la même école que Freddie quand elle était jeune.

Pas la même école que Freddie, là j'ai commis une erreur parce que c'est pas Freddie, c'est Mel comme je l'ai expliqué. Donc, à partir de maintenant, quand il dira « Jennifer », ce sera « Géraldine », et quand elle dira « Freddie », ce sera « Mel ».

— Vous voulez que nous allions prendre un verre au bar, Freddie ? dit Géraldine.

Alors là, Mel sourit de façon sarcastique et il sort sa bonne plaisanterie qu'il affectionne.

— Où voulez-vous qu'on aille le prendre ailleurs ? demande-t-il ironiquement.

C'est vrai, où est-ce qu'on peut prendre un verre ailleurs que dans un bar ? Pas chez un garagiste.

Donc ils y vont.

Dans sa tête, Mel pense qu'il faut garder tous ses sens en éveil parce qu'il a l'habitude de ces bonnes femmes qui cherchent à savoir le code, mais grâce à sa grande méfiance, il ne l'a encore jamais donné, et c'est pas demain la vcillc, mêmc si cllcs ondulcnt encore plus que Géraldine.

Ils arrivent au bar et là, il faut bien faire attention à ce qui va suivre.

Le garçon s'approche avec sa veste luisante et sa cravate impeccable et ses souliers cirés et dit :

— Qu'est-ce que vous prenez, mademoiselle ?

— Un whisky, dit Jennifer.

J'ai marqué « Jennifer » mais en fait, nous on sait que c'est Géraldine qui parle et elle dit :

— Et vous, vous prenez un whisky aussi, Mel ?

Elle s'est trompée : elle a dit « Mel ». Normalement, elle aurait dû dire « Freddie », puisqu'il a dit « Freddie », mais c'est « Mel » qu'est sorti plus vite. Grossière erreur.

— Alors, dit Mel, comment vous connaissez mon nom ? Vous êtes démasquée.

Elle baisse la tête. Elle a perdu.

— En plus, dit Mel, vous n'êtes pas maligne parce que vous avez dit « Jennifer », je suppose que c'est pas Jennifer parce que je sais reconnaître les menteuses de très loin. N'est-ce pas que ce n'est pas « Jennifer » ?

Géraldine baisse la tête encore plus.

— Vous avez raison, dit-elle, je suis démasquée, je m'appelle Sonia.

Elle ment sans arrêt. Et elle ajoute :

— Et je vous aime.

Et là, Mel part d'un interminable éclat de rire.

— Je connais ça, dit-il, et vous voulez peut-être le code secret en plus et le numéro de ma carte bleue ? !

Elle pleure.

Est-ce qu'il va se faire avoir par Géraldine ? Cela, on ne le sait pas encore mais ça m'étonnerait. Fin du chapitre.

LETTRE

Dear Lauren,

I am very happy to write to you.

Thank you for the photo. You have very beautiful hair, I have hair too. I have a mouth, a nose, and so on. I live in a house with a man and a woman, the man is my father and the woman is my mother, and I have no brother and no sister, Dieu merci.

I eat my coffee with milk on the morning with tartines. I look at the television. I prefer the films with gangsters and vampires and I hope you also.

If you come to France, I am happy.

I say good bye Lauren and so on.

Your Joseph.

JOSEPH

P.-S. 1. Je pourrais dire plein de choses sur mes copains, la vie, tout, mais comme il faut absolument faire la lettre en anglais, sinon c'est pas la peine d'avoir une correspondante anglaise, je suis obligé de faire court, parce que j'ai pas d'idées en anglais. C'est comme toi en français, et c'est pas la peine de dire que tu as des lunettes, puisque ça se voit sur la photo. Donc good bye dear Lauren.

P.-S. 2. Je pense que tu as vu les résultats du match de foot, bien que les filles en général n'aiment pas trop, je te signale quand même : France 3, Angleterre 0.

JOURNAL

J'ai fini par écrire à ma correspondante. Un mois que Félicienne me tannait. Tous les soirs la musique : « Tu as écrit à ta correspondante ? » et après, quand Félicien rentrait : « Il a pas encore écrit à sa correspondante ! » Et Félicien qui lève les yeux en l'air : « Il a une correspondante mais il correspond pas ! » J'avais commencé à écrire mais c'est la photo qui m'a coupé les pattes. Une vraie tête de belette. Une belette à lunettes. Pourvu qu'elle débarque pas à la maison un de ces quatre. Celle de Dugontier s'est pointée, toujours la mère Dugontier qui en fait des camions, qui en remet une louche, qui, à chaque lettre, rajoutait un petit mot, en anglais forcément, secrétaire bilingue, c'est la moindre des choses, donc à chaque fois une petite phrase : « Vous devriez venir, Adrien serait tellement content, etc., etc. » Ça n'a pas loupé, aux dernières vacances de la Toussaint, elle est arrivée plein pot. Il m'a raconté qu'il l'avait vue de loin à la gare : deux mètres de haut la correspondante, peut-être même plus. J'ai cru qu'il exagérait, mais pas du tout, parce qu'un jour on a été au Louvre tous les trois. L'horreur totale. Dans le métro, elle dépassait tout le monde, et d'une lenteur ! Trois quarts d'heure devant la Vénus de Milo ! on s'endormait debout... Et pour le dialogue, c'était réduit parce que le Dugontier, en anglais, c'est la cata, moi à côté je suis Margaret Thatcher. Et elle, c'était pire que tout, je l'ai compris dès la première seconde : elle m'a vu et a dit : « Au revoir » !

Ça partait mal et ça n'a pas arrivé bien. Comme dialogue, c'était réduit. Par exemple, on passait devant un marchand de chaussures de la rue de Rivoli et Dugontier disait : « Oh, what a beautiful shoes ! » Elle rassemblait tous ses efforts, sortant son dico de sa poche et, au bout de dix minutes, elle annonçait la couleur : « Oh oui, ces chaussures sont très beaux. » Alors moi, pour dire quelque chose et qu'on comprenne que j'étais pas complètement con, j'y allais aussi : « It's a very beautiful store of shoes. » Et elle, du tac au tac : « Oh oui, beau, beau. »

Tout un après-midi comme ça.

En plus, quand on est seuls, Dugontier et moi, on parle beaucoup, mais avec elle, on pouvait pas parce qu'on se disait : elle va croire qu'on la laisse tomber. Je lui ai quand même dit à Dugontier : « Qu'est-ce que tu nous les casses avec tes chaussures, pourquoi tu sors des trucs comme ça ? »

Il m'a expliqué que c'était parce qu'il connaissait le mot et qu'il fallait quand même dire quelque chose. J'étais pas d'accord, je lui ai dit : « Et si tu savais comment on dit "trou du cul" en anglais, tu lui en parlerais ? »

Ça lui a cloué le bec également et c'est ça qui nous a donné l'idée. C'était idiot comme jeu, et en plus, dangereux, parce qu'on avait la trouille qu'elle regarde dans le dictionnaire, mais en même temps on n'avait pas trop à craindre qu'elle trouve parce ça ne devait pas être toujours marqué dedans.

C'est Dugontier qui a commencé et on peut dire que finalement on s'est bien fendus ; par exemple il prenait un air sérieux et lui disait : « Alors mémère, où est-ce que tu les as fourrés tes nibards ? »

Et ça, c'est pas le pire, on lui a dit des trucs qu'on peut même pas écrire sans vomir tellement c'est dégueu. C'est un gonflé, Dugontier, il raconte qu'il se lève la nuit en douce pour voir Canal Plus, donc il s'y connaît sexuellement, et alors là, il y est allé franco, et l'autre pauvre pomme effarée qui trouvait rien dans son dico... Moi, je trouve qu'on a été salauds, mais bon, on s'est marrés, on lui a même payé des frites en sortant. Ça creuse, le Louvre. Personnellement, j'aime bien les musées. Pas tellement pour les trucs qu'il y a dedans, mais plutôt pour l'ambiance : c'est calme, les gens vont doucement, à l'aise..., forcément on va pas sprinter devant la « Joconde »... et puis ils parlent en chuchotant, ils ont l'air contents, plus intelligents qu'ailleurs. Au fond, un musée, c'est l'inverse du métro. Peut-être que c'est comme ça : les cons voyagent en souterrain et les autres sont dans les musées ; mais en fait, c'est pas ça parce qu'on a pris le métro après, alors on peut pas dire qu'on était plus cons quand on a changé à Réaumur-Sébastopol que pendant qu'on regardait « Les noces de Cana ».

J'aime bien « Les noces de Cana ». Comme dit Dugontier qui s'y connaît en peinture : ça a dû lui prendre longtemps à peindre. C'est vrai que c'est fouillé dans les détails, tout y est : les ongles des pieds, les cuirasses, les reflets sur le raisin, c'est drôlement bien rendu, on dirait qu'ils sont ronds. Je pourrais rester des années devant « Les noces de Cana ». Un beau mariage.

Pour en revenir aux musées, je crois que ce qui me plaît le plus, c'est les plafonds. Immenses. Tous peints, sculptés, avec des dorures. La correspondante, elle admirait aussi, c'est vrai qu'elle en était plus près que nous. Elle devait jamais avoir vu ça en Angleterre. Au fait, ils ont pris 3 à 0. Dans les gencives, les rosbeefs.

C'est drôle l'impression que ça me fait ces endroits, je crois être dans l'ancien temps, il a dû y avoir des gens magnifiques qui vivaient là, très riches, cernés de choses précieuses et délicates, j'aime bien ce monde-là... J'y suis venu déjà avec l'école, et ça m'impressionne à chaque fois... Il y en a, ils s'en foutent, ils font des glissades sur les parquets, ils font claquer les bubble-gums, on sent que c'est pas leur coup. Moi non, je fais un peu le con pour qu'ils se doutent pas que j'aime ça, mais j'aimerais y rester, vivre là toujours, avec des tableaux partout et les canapés-velours tout brodés, ça me rend calme et précieux, bon, on parle d'autre chose parce que c'est difficile à expliquer.

J'ai décidé d'arrêter le roman de Mel Stanwood. J'ai fait un chapitre et j'en ai marre déjà parce qu'il rencontre une femme, et il lui annonce qu'il s'appelle Freddie, et elle, elle prétend que c'est Jennifer alors que sur sa carte d'identité, c'est Géraldine ; bref, ça dure trois pages, et en relisant je trouve ça vraiment con parce que qui va s'intéresser à ça ? Je me vois pas passer à la télé avec cette histoire.

— Alors, monsieur Joseph, pouvez-vous nous raconter l'histoire de votre très beau livre ?

— Eh bien, c'est un type qui s'appelle Mel et la femme qu'il rencontre Géraldine, mais comme il a un code secret qu'il veut pas dire, et que c'est une espionne, elle dit « Je suis Jennifer », et lui « Je suis Freddie ».

— Vous pouvez nous répéter ça plus lentement, m'sieur Joseph, pourquoi il a un code ?

— Il a un code parce que c'est un espion aussi, et tueur à gages, et il dit qu'il est marié pour avoir la paix avec les femmes.

— Allez, barrez-vous, c'est de la connerie votre bouquin. Suivant.

Carrière brisée.

Je m'en fous, d'ailleurs j'écris plus parce que ça me prend du temps pour les devoirs. J'ai une rédac pour lundi. Pur joyau : « Racontez un repas de famille, les préparatifs, l'arrivée des invités, la joie des retrouvailles, le départ. Décrivez les lieux, les mets, les différents personnages. »

Un vrai régal. Je vais leur coller en prime une tantine qui dégueule sur la nappe.

J'ai pas la forme aujourd'hui : mon roman qui foire, la rédac à faire, la lettre à la belette à lunettes, ça fait beaucoup, et puis au foot alors là, la Berezina. J'ai passé plus de temps sur le bide que sur mes pieds, et pourquoi ? Il y a une réponse à ça, très simple et elle tient en un seul mot, et je l'écris : BENAMOU.

Je précise, au cas où on ne le saurait pas, bien que ce soit marqué à la craie sur le mur de la cour, sur le trottoir devant chez lui et un peu partout dans les chiottes : « Benamou gros con. Benamou gros mou. »

Chaque fois c'est pareil quand on fait les équipes : il est en face de moi. Moi j'attaque parce que je suis rapide, vif et opportuniste, et lui, comme c'est un gros con de mastodonte, il défend. En fait, il défend pas, il écrase. C'est plus simple. Et pour que ce soit encore plus simple, il m'écrase moi. Alors le match est très facile, je reçois la balle de la gauche, en général c'est Dugontier, je sème le trouble dans les dix-huit mètres, et comme je vais repasser à Dugontier sur la droite parce qu'il shoote mieux que moi car j'ai le mollet un peu faible pour tirer de loin une belle patate, qu'est-ce qui m'arrive dessus par-derrière et je me retrouve les narines enfoncées dans le terrain ? Eh bien, c'est ça, exactement, vous l'avez deviné, c'est Benamou.

Aujourd'hui, il a battu tous les records, il a pas touché le ballon une seule seconde, mais par contre il m'a touché moi. En fait, c'est ça qui l'intéresse, la balle il s'en fout, son but c'est de m'incruster dans la terre. Parce qu'une fois que j'ai terminé mon vol plané, c'est pas fini, il se débrouille pour me piétiner ; s'il pouvait m'enterrer avec une pelle, il le ferait.

Juste avant la mi-temps, j'ai failli marquer sur balle lobée de Dugontier, je vois la balle qui vient vers moi, je prends mon élan pour tenter un ciseau de toute beauté, et crac, je m'envole en catapulte, une charge de Benamou, le coup de l'éléphant..., je suis resté accroché aux filets comme une araignée... Heureusement qu'ils étaient là d'ailleurs, parce que, sinon, je traversais le stade en fusée. Dugontier a crié : « Péno ! Y a péno ! »

Moi aussi et les autres de l'équipe : « Y a péno, m'sieur, il a pas le droit, y a péno, faut le vider, m'sieur, videz Benamou, un carton rouge ! » Et vous croyez qu'il a sifflé le péno, le prof de gym ?... Pas une seconde, et vous savez pourquoi il a pas sifflé ? Vous allez comprendre lorsque je vais vous dire quelque chose : il s'appelle Benamar.

Vous me direz que ça ne prouve rien mais tout de même, ça trouble. Benamou et Benamar. Vous voyez ce que je veux dire ? Pas la peine d'attendre qu'il siffle, et pendant ce temps-là, qui c'est qui passe son après-midi le pif dans le gazon ? C'est Bibi. Du coup, on a paumé. J'ose à peine l'écrire : 14 à 2.

Un but de Marambo, un de Dugontier qu'est assez balèze de la tête, et huit de Benamou. Parce qu'il défend, mais il attaque aussi de temps en temps. Les mecs l'appellent T.G.V. parce que quand il part, il s'arrête plus. Tout ça, c'est de l'injustice, et ça me coupe le moral. Et puis, il fait gris. De chez moi, je vois les toits gris, les murs gris, le ciel gris, et en bas les gens gris sur la rue grise, alors je me dis : allez, c'est trop moche, je saute du cinquième, j'escalade, et hop... Non, c'est pas vrai, en plus j'ai le vertige, alors pas de risque que je me suicide. Allez, rédaction. Et Benamou gros con.

LA TRAÎTRISE

Pièce de théâtre

ACTE I, SCÈNE I, TABLEAU I

La scène représente une pièce de château avec des armures, des peintures... C'est très ancien, il y a des flambeaux allumés pour éclairer. Par la fenêtre, il neige, on voit les arbres blancs.

Au premier plan, près des spectateurs, une vieille dame coud. Elle est habillée comme au XVIIe siècle, avec les robes longues, la perruque ; on sent qu'elle est riche. À côté d'elle, une fille plus jeune, très très belle avec, aussi, l'habit ancien. Elle est dans sa rêverie.

LA VIEILLE DAME : Eh bien Louise, vous rêvez ?
LOUISE (sursautant) : Non, ma mère.
LA VIEILLE DAME (sévère) : Comment ça, vous ne rêviez pas, et que fissiez-vous donc le nez contre la vitre ?
LOUISE (tristement) : Je regardais tomber les flocons, ma mère.
LA VIEILLE DAME : Ah bon, très bien.

Elles ne disent plus rien.

LA VIEILLE DAME : Au fait, avez-vous des nouvelles du Comte Norbert ?
LOUISE (pâlissant) : Non, ma mère, pas du tout de nouvelles.

Elle ment ; on voit sa main qui cache une lettre derrière son dos.

LA VIEILLE DAME : Ah bon, je croyais.

Elle continue à coudre.
On entend des trompettes qui sonnent.

LOUISE (joyeusement) : Des trompettes ! C'est le Comte Norbert ! J'en étais sûre ! Il revient vainqueur...

La porte s'ouvre et entre un serviteur très âgé.

LE SERVITEUR : Voilà de la visite pour vous.
LA VIEILLE DAME : Faites entrer.

Entre un chevalier gros et moche, il a une cuirasse couverte de sang et l'épée à la main.

LOUISE : Duc Bénat ! Ah, que je suis contente !
LE DUC : Je suis content aussi de vous voir, ma belle Louise.
LOUISE (rougissant) : Et où est le Comte Norbert ?
LA VIEILLE DAME : C'est vrai, Duc, parlez, où est le Comte ?
LE DUC (faisant semblant d'être triste) : Hélas, il est mort.

LOUISE (s'évanouissant) : Mort, c'est impossible.
LA VIEILLE DAME : Un docteur, vite ! Elle est tombée.
LE DUC : Ce n'est pas grave, ça va lui passer, laissez-moi faire.

Il la gifle.

LA VIEILLE DAME : Mais comment est-il mort ?
LE DUC : À la guerre.
LOUISE (le suppliant) : Racontez-nous la mort du pauvre Comte Norbert.
LE DUC : J'ai essayé de le sauver mais il était encerclé par les ennemis et il a fui lâchement.
LOUISE (s'exclamant) : Norbert ! C'est impossible, il est courageux.
LE DUC : Je l'ai défendu jusqu'à la mort, j'en ai tué des tas mais ils l'ont eu avant, il a eu la tête coupée.

On entend encore des trompettes.

On sent que le Duc Bénat n'aime pas ça ; il est inquiet et se met à courir dans tous les sens.

Le même serviteur que tout à l'heure entre.

LE SERVITEUR : Voilà quelqu'un d'autre.
LA VIEILLE DAME : Faites entrer. (À Louise) Parfois on reste des années sans voir personne, et aujourd'hui on reçoit plein de gens.

Entre un chevalier, mais on ne voit pas qui c'est parce qu'il a gardé son casque.

LE CHEVALIER : Bonjour, mesdames.
LOUISE : Bonjour, monsieur.

LA VIEILLE DAME : Bonjour, monsieur.
LE DUC BÉNAT : Bonjour, monsieur.
LE CHEVALIER : Bonjour tout le monde.
LA VIEILLE DAME : Pourquoi vous ne levez pas votre casque ?
LE CHEVALIER : Parce que je suis blessé et je ne veux pas vous montrer ma figure ; ce n'est pas beau à voir.
LOUISE (tristement) : Hélas.
LE DUC : Mais à part ça, vous vous appelez comment ?
LE CHEVALIER (mentant) : Je suis le chevalier de Bellefontaine.
LE DUC : Et vous venez aussi de la guerre ?
LE CHEVALIER : Oui, j'en reviens. Je suis un ami du Comte Norbert.

Louise pousse un cri terrible.

LOUISE : Ah, Ciel ! vous avez connu le Comte Norbert, mon fiancé ?
LE CHEVALIER : Très bien, nous avons fait ensemble toutes les croisades.
LA VIEILLE DAME : Et vous avez vu comment il est mort ?
LE CHEVALIER : Mais Norbert n'est pas mort !

Cri encore plus terrible de Louise.

LE DUC : Si, si, je l'ai vu, on lui a coupé la tête, j'étais là.
LOUISE : Parlez, chevalier, que savez-vous ?
LE CHEVALIER : On ne lui a pas coupé la tête du tout et je le prouve.

LOUISE (gémissant) : Comment allez-vous faire ?
LE CHEVALIER (levant son casque) : Parce que la tête de Norbert, la voilà : Norbert, c'est moi.

Tous regardent et voient que c'est bien Norbert.

LOUISE : Norbert !

Elle s'évanouit.

Fin de l'acte I, scène I, tableau I.

LETTRE

Chère mémé,

Je viens comme chaque année au même moment te souhaiter un bon anniversaire avec la santé surtout. J'espère que tu te portes bien et ton poste télé aussi puisque, comme le dit maman, tu passes ta vie devant, alors je suppose que tu as vu « L'invasion des vers blancs », surtout quand la fille est sous la douche, elle se déshabille et ça coule pas, alors elle tape les robinets, elle s'énerve et elle lève la tête et elle voit les vers qui commencent à lui dégouliner dessus à la place de l'eau et ça fait comme des spaghettis qui lui rentrent dans les oreilles et les narines avec un bruit comme quand on mange de la confiture, et alors elle cherche à sortir mais il y a plein de vers qui bloquent la porte en s'entortillant autour de la poignée, et d'autres qui s'enroulent autour de son cou et commencent à l'étrangler et on voit ses yeux qui lui sortent de la tête et tombent sur le carrelage, c'est très bien truqué. Maman n'aime pas ça mais je me demande comment elle peut dire ça parce qu'elle part dès le début. On n'a pas vu encore un seul ver qu'elle a déjà disparu au fond de la cuisine, c'est la musique qui l'avertit, dès qu'elle comprend que les vers vont arriver, hop, elle part en sens inverse. Moi j'aime bien ce genre de film, j'aimerais bien jouer dedans, il doit falloir être un sacré bon acteur pour crier comme ça. En ce moment, je suis en train d'écrire une pièce de théâtre, j'ai déjà fait le début, il y aura dix actes, donc c'est pas demain que j'aurai fini, c'est un gros travail, je te l'enverrai en cadeau pour ton prochain anniversaire si tu n'es pas morte.

Comme tu veux toujours que je te dise ce que je fais à l'école, eh bien je peux te dire, excellente nouvelle, que j'ai encore augmenté en maths par rapport au mois dernier, je suis passé à 4 sur 20. Je progresse. Papa dit que c'est lent mais lui, toujours pressé. En ce qui concerne l'histoire et la géo ça va, mais il y a eu accident, un devoir oublié et paf, une bulle. C'est le genre de prof qui cherche pas à savoir si tu as des soucis, si tu vis dans un cadre familial harmonieux ou si tu as ta mère droguée, ou si ton père vient te voler la nuit pour s'acheter un pack de Kronenbourg. Devoir non remis, c'est zéro.

Remarque que si tu le remets, t'as pas beaucoup plus tellement elle est sévère ; même si tu réponds bien, t'as 4 ou 5, alors finalement ça ne fait pas une très grande différence.

Le reste, ça va à peu près, en français, c'est ce que je préfère, mais comme elle nous fait « Eugénie Grandet » tout le temps, on fatigue tous un peu. J'espère que tu n'as pas lu « Eugénie Grandet » parce que tu t'endormirais vite, autant que devant ton poste l'après-midi ; si tu veux, je te raconterai l'histoire mais t'attends pas à quelque chose de terrible. Remarque, dans un sens c'est pas mal, parce que c'est comme la vie, c'est pas terrible tout le temps. En ce qui me concerne, c'est parfois terrible et parfois pas terrible, enfin comme dit maman, on fait avec ce qu'on a.

Voilà, je vais t'annoncer la fin et je viens de me rappeler que je ne t'ai pas demandé des nouvelles de Pilou. Est-ce qu'il perd toujours ses poils ? Est-ce qu'il fait toujours pipi partout ? Bon, allez, j'arrête, bon anniversaire, je t'écrirai donc l'année prochaine. Je te fais un bisou.

JOSEPH

P.-S. 1. Je voulais te faire un cadeau mais les fonds sont bas, j'ai regardé chez le bijoutier au coin de la rue Clignancourt, et le seul truc qui soit dans mes prix, c'est une bague tête de mort, et ça te plaira pas, alors c'est pas la peine. C'est plutôt pour les motards jeunes.

P.-S. 2. Pour remplacer la tête de mort, je t'envoie un dessin, ça représente un peu ma pièce de théâtre. Comme tu le vois, c'est deux chevaliers qui se battent en duel ; le gros avec la bouche tordue c'est le mauvais, il s'appelle Bénat, et l'autre c'est Norbert. Comme tu le vois également, il gagne puisqu'il lui plante son épée jusqu'à la poignée. La bonne femme derrière qui applaudit, c'est Louise et pour ne rien te cacher parce que peut-être on le devine, elle voudrait bien devenir madame Norbert, si tu vois ce que je veux dire, pas la peine de faire un autre dessin pour expliquer, c'est sa bien-aimée. Enfin elle croit que c'est sa bien-aimée, mais en fait lui il s'en fout, parce qu'il voudrait en avoir une autre, c'est la princesse Yasmine qu'il a rencontrée aux croisades, mais ça, ce sera dans le deuxième acte. Bon anniversaire.

CORRESPONDANCE EN CLASSE

Dans les jardins du roi dort la jeune Yasmine
Elle a de longs cheveux et elle a bonne mine
Pour être son mari il faut être un grand chef
Mais comme il y en a plus, elle prendra Joseph.

Je suis content que ça te plaise ; si tu veux je t'en fais un autre, mais alors on se retrouve sous l'escalier à onze heures.

Bon tant pis, on se retrouve pas sous l'escalier, ça fait rien, en voilà un autre quand même parce que je suis pas vache :

Dans la cour de l'école y en a cent, y en a mille
Mais il n'y en a pas une comme la jeune Yasmine
Elle a des yeux très noirs et joue à la marelle
Joseph qui la regarde se dit qu'elle est bien belle.

D'accord, mais pas avant onze heures et demie, parce qu'il faut que je passe à la boulangerie et au Super U.

Je t'embrasse in the mouth ; si tu comprends pas, regarde dans le dictionnaire.

Je suis pas plus dégueulasse qu'un autre, c'est des trucs qui se font entre un garçon et une fille quand ils sont amoureux. T'as pas la télé ?

Si c'est pas moi, qui c'est ?

C'est pas vrai. C'est un gros con. Au foot, c'est le plus brute de tous. Il pourra jamais arriver à te faire des vers, il sait même pas que ça existe.

Il part dans le désert en marchant tristement
Il n'a pourtant perdu ni père ni maman
Il est si blanc qu'on croit qu'il est plein de farine
Elle ne l'aime pas, elle s'en va, Yasmine.

Je m'en fous. Je ne suis pas si maigre que ça, et si tu crois que ce sont les kilos qui comptent, alors là tu te goures un max.

Et en plus, on peut être maigre et musclé, ce qui est mon cas et l'intelligence, ça compte aussi.

Pas plus que toi.

Pauvre conne.

JOURNAL

Personnellement, je ne suis pas très attiré par les filles. Surtout que cette année, dans la classe, c'est vraiment la gadoue. On a hérité de la lie de la terre, des grosses, des squelettiques, des molles, des girafes, un vrai film d'épouvante. Yasmine Khadaoui, c'est la mieux de loin, mais même elle, y a pas de quoi crier au miracle. En classe, on est l'un derrière l'autre, alors on peut se passer des mots. Elle est avec Benamou, c'est dire son intelligence. Une fille qui choisit un mec comme ça, elle est rayée des listes dans la seconde. J'arrive pas à croire qu'ils s'embrassent, je m'en fous mais rien que de les imaginer, ça me fait vomir. Ce mec est un vrai cauchemar.

Parfois je rêve que je pars très loin, dans le grand nord du Klondike ou l'Alaska ou le Groenland, j'aime bien les pays froids avec les fourrures, les chiens, les igloos, les raquettes, les vraies, pas comme au tennis. Je regarde à la télé chaque fois qu'il y a une émission où on voit les glaciers, les pingouins, c'est immense, il n'y a personne, pas une école, c'est tout pur, tout froid et ça, c'est impeccable parce que le froid, ça tue les microbes, c'est connu, donc tu peux respirer tant que tu veux, tu n'as pas de saloperies qui te rentrent à l'intérieur, et puis c'est beau le soleil sur tout le blanc, ça fait briller, c'est vaste, il y a la mer avec les icebergs comme des montagnes de Chantilly qui se baladent tranquilles avec les baleines qui font des jets d'eau. Tout est large, pas de murs, tu vois de partout, et alors un silence incroyable, juste très très loin le bruit des phoques qui plongent ; donc, c'est magnifique, je me régale, je fouette les chiens et je fuse sur la neige dans mon traîneau rapide et, assise dessus, il y a Yasmine sous ses fourrures, on lui voit à peine la tête...

Je l'ai emmenée avec moi parce qu'il n'y en avait pas d'autre. Elle a insisté, alors bon, pour avoir la paix, d'accord pour Yasmine... On parcourt des centaines de kilomètres, on dépasse le pôle Nord, on traverse les lacs gelés, les forêts, on arrive devant l'océan Arctique et, à perte de vue, c'est couvert de morses qui se dandinent, d'éléphants de mer, de gros mastodontes, et on est heureux comme tout, et à un moment, il y en a un qui s'approche, qui se dresse sur ses nageoires, et je n'arrive pas à le croire, mais c'est bien lui, c'est Benamou.

C'est reparti.

Une vraie colique.

La première fois que j'ai remarqué que c'était son fiancé, c'était à la Villette. Ça, il faut que je le raconte. Enfin, quand je dis son fiancé, faut pas exagérer, il a dû lui faire un bisou ou deux, et comme ce mec c'est de la glu, elle ose pas lui dire d'aller voir ailleurs, par faiblesse. Parce que s'il roule des pelles comme il joue au foot, bonjour la violence, j'aimerais pas être à la place de la nénette qui subit.

Donc la prof (c'était Rosy la Culotte) nous amène à la Villette. En fait elle s'appelle pas Rosy la Culotte, c'est madame Vatan. On l'a appelée longtemps la mère Tiretoi parce que Vatan et Tiretoi, c'est pareil ; ça a duré trois mois, et puis un jour Meringaud et deux autres mecs du premier rang ont regardé sous le bureau et lui ont vu la culotte. Personnellement, je trouve pas ça extraordinaire, c'est même normal d'avoir une culotte, tout le monde en a une, mais bon, le truc c'est de pas la montrer, je parle pour les femmes, alors Dugontier a posé la question vicieuse : « Puisque vous avez vu sa culotte, de quelle couleur qu'elle est ? » Et Meringaud a dit « Rose ». C'est de là que ça vient ; depuis, c'est Rosy la Culotte. Voilà. Pourquoi je raconte tout ça ? Ah oui, la Villette.

Ça faisait un trimestre qu'elle en parlait ; en fait, depuis le jour de la rentrée, elle nous a bassinés avec ça : « Et puis je vais vous annoncer une grande nouvelle ; si vous êtes sages, si vos résultats sont satisfaisants, si je suis contente de vous, si vous apprenez bien vos leçons, si vous le méritez, si vous faites pas les cons, etc, etc. », elle a pas dit ça exactement de cette façon, mais c'était le sens général ; donc si on était tous Einstein, à la fin de l'année eh bien vous savez pas ce qui arriverait ? Eh bien on serait récompensés. Et attention, pas n'importe quelle récompense, on pourrait même pas deviner tellement c'était extraordinaire. Elle prenait l'air mystérieux, elle faisait la futée, l'espiègle, elle se trémoussait dans sa culotte, et moi je me disais : mais où elle va nous emmener en fin de compte ? Ça avait l'air tellement énorme que je me suis demandé si elle avait pas monté une expédition dans l'Himalaya avec les sherpas et tout le bordel, ou au Groenland avec les manchots, et on aurait sauvé les bébés phoques, bref j'ai pensé à des tas de trucs. Ou alors Cap Canaveral, tous en orbite avec les scaphandres à gigoter dans le vide en apesanteur.

Et au bout d'une demi-heure, elle a fini par s'arrêter : « ... et si monsieur le proviseur est d'accord, et si nous avons fini le programme... ». Et là, elle a lâché le morceau, et en prononçant le mot, on aurait dit qu'elle suçait un esquimau — pas ceux du pôle Nord, ceux de l'entracte : « ... je vous emmènerai à la Cité des Sciences ». « La Sssité des Sssiensses », voilà comme elle a prononcé, et là elle s'est arrêtée pour juger de l'effet produit.

Le bide total. Juste Balatin qui a dit « Oh chouette ! », il a dit ça pour fayoter parce que Balatin, c'est premier prix lèche-cul... Alors là, il s'est drôlement planté parce que Rosy lui a demandé : « Ça vous plaît, Balatin, d'aller à la Sssité des Sssiensses ? », et lui, comme un con : « Oh oui, m'dame, j'y suis déjà allé douze fois parce que j'habite à côté. »

La tronche à Rosy. Verte. Plus que la culotte de rose. Le résultat, c'est que depuis, elle nous encaisse pas parce qu'elle a compris que la Cité des Sciences, on s'en tapait complet.

J'y suis allé un samedi avec Félicien et Félicienne, et personnellement j'ai haï. J'ai trouvé ça vide. C'est immense, avec des escaliers roulants comme aux Galeries Lafayette, des salles de cent mètres de haut, et au milieu t'as une petite vitrine, et tu te dis que ça doit être faramineux, qu'on a construit tout ça autour, que c'est un trésor fantastique, tu t'approches, tu regardes, et crac, un tournevis ou une prise de courant, n'importe quoi... Et évidemment, des schémas partout ; ça, pour faire des schémas, ils sont forts, c'est le musée des schémas. Un schéma pour l'hémoglobine, un schéma pour l'oreille interne, un schéma pour l'acide sulfurique, rien que des schémas. Je te parle pas des particules, des électrons, des photons, alors là t'as toute la panoplie. Mortel. Félicien a voulu y aller pour moi. Je l'ai bien compris. Il l'a dit à Félicienne : « Ce doit être instructif. » Alors là, c'est le mot qu'il préfère ; dès que c'est instructif, il est ravi, il pense que c'est bon pour moi, il croit que c'est un médicament. Il me considère comme un type qui a besoin d'être bourré d'instruction.

Félicienne, c'est plutôt les vitamines. Elle me regarde quand je traîne sur mes devoirs et elle dit : « Oh toi, tu as besoin de vitamines. » Parfois ça lui prend d'un coup, on est dans la rue, chez l'épicier, on prend le métro, n'importe où, elle sort une pastille de son sac, et hop, avale ça c'est des vitamines. Elle croit que ça va me faire pousser d'un coup, comme dans les dessins animés. Tout ça parce qu'elle pense que je suis pas assez dynamique. Elle m'a jamais vu sur un terrain de foot... Et puis surtout, elle pense que je suis trop petit pour mon âge. Si on l'arrêtait pas, elle me mesurerait deux fois par jour. Elle me colle contre le mur de ma chambre, elle me met « 300 Recettes de cuisine familiale » sur la tête, et elle fait une marque au crayon ; après, elle mesure avec son centimètre de couturière, et elle soupire. Ça veut dire que je stagne.

J'ai l'impression d'avoir passé dix ans de ma vie avec ce foutu bouquin sur la tête. Parfois je gagne un millimètre ou deux, ça veut dire que je suis tranquille pour deux jours.

Donc, si l'on résume, Félicienne veut que je pousse et Félicien que je m'instruise. Une c'est le corps, l'autre c'est la tête, et moi je suis au milieu.

Quand elle dit que je suis petit, il faut rien exagérer quand même, je ne suis pas nain, je passe pas sous les portes sans les ouvrir, il y a même plus petit que moi à l'école : y a Dugontier. C'est peut-être pour ça qu'on est copains. Félicien dit d'ailleurs que c'était pareil pour lui quand il était enfant : il rasait le bitume, et tout d'un coup crac, c'est parti, il a jailli d'un coup comme un ressort, comme un jet d'eau et hop, 1,63 mètre. C'est sa taille aujourd'hui. Comme Félicienne fait 1,58 mètre, je me demande si je vais monter bien haut. On verra. Faudrait que je fasse des mouvements de gym pour m'étirer, mais la gym c'est Benamar, alors lui c'est abdominaux, abdominaux et encore abdominaux. Il connaît rien d'autre. On est couché par terre, on remue les jambes et, au bout d'une heure, tu peux plus marcher tellement c'est douloureux autour du ventre. Je me suis regardé dans la glace : les biceps, les mollets, les pectoraux, ça tire plutôt du côté de la ficelle, mais alors les abdominaux, impeccables, quadrillés comme Tarzan, on dirait que j'ai avalé une tablette de chocolat et qu'elle est restée bloquée en travers.

Tout ça pour dire que la Sssité des Ssiensssses, je

connais et je n'aime pas. D'abord, je préfère quand c'est ancien, qu'il y a des statues, des dorures, des choses très travaillées comme au Palais de la Découverte où on a été l'année dernière avec monsieur Bardonnet. D'ailleurs c'est annoncé : le Palais de la Découverte c'est dans un palais et un palais, c'est marbre, très jolies décorations, etc., et la Cité des Sciences, eh bien c'est une cité, et une cité c'est du HLM, tu peux t'y prendre comme tu veux, mais rien à faire, c'est du béton, des tuyaux et de la ferraille, et tu peux y mettre des schémas ou un vieux tournevis au milieu, ça n'arrange pas les choses. Félicien, lui, il regardait les vitrines, les écrans, il faisait semblant de comprendre pour se rendre intéressant, il crânait devant Félicienne, il donnait des explications comme s'il avait fait de grandes études, et Félicienne qui disait « ah oui ! », « ah tiens par exemple ! », « ah ben ça alors... » pour lui faire plaisir, parce que en fait, elle sait bien qu'il n'y entrave rien du tout et qu'il fait pas la différence entre une centrale nucléaire et un moulin à légumes, mais elle aime bien lui faire plaisir, ils sont comme ça.

D'abord je les appelle toujours Félicien et Félicienne, mais ils ne s'appellent pas comme ça. Elle c'est Françoise et lui Henri. Alors, comment ça se fait ? Eh bien quand j'étais enfant, j'ai regardé sur la carte d'identité de maman, et j'ai vu que son deuxième prénom, c'était Félicienne : Françoise-Félicienne ; alors du coup, j'ai appelé mon père Félicien. Ils sont marrants, assez beaux comme personnes, pas grands mais beaux. Ils me bassinent avec les vitamines et l'instruction, mais bon, dans l'ensemble, il n'y a pas de quoi trop se plaindre. Ils m'ont jamais tapé et j'ai toujours peur qu'ils meurent. Je sais pas pourquoi. Je m'en réveille la nuit. Quand j'étais plus petit, je rentrais dans leur lit pour voir s'ils respiraient toujours. Aujourd'hui, ça ne va pas jusque-là, mais enfin, bon...

Alors j'en reviens à mon histoire parce que, à force d'écrire, je me suis éloigné pas mal, donc Rosy la Culotte nous emmène à la Cité des Sciences... On prend le métro, on commence à faire les cons comme d'habitude, Dugontier qui se fait remonter les bretelles par une mémé simplement parce qu'il s'était assis sur ses genoux sans le faire exprès, bref, la panique. On arrive. « Restez groupés ! » hurle Rosy. Chaque fois c'est pareil, dès qu'on sort avec la classe : « Restez groupés ! » On reste groupés mais il y en a toujours un ou plusieurs qui ont envie de pisser, donc on l'attend, ou on y va tous pour passer le temps, par sympathie ou parce qu'on a envie aussi, et donc, je sors de la pissoire et je me souviens qu'il y avait toute l'équipe à Meringaud qui était en train de noyer Balatin dans le lavabo, en lui tenant la tête sous le robinet, comme d'habitude. Ils s'en lassent pas, mais depuis le temps que ça dure, Balatin est devenu insubmersible, ça lui fait plus rien, il dit qu'il peut rester des heures sous l'eau en respirant comme un poisson, un sous-marin vivant, mais les autres s'acharnent quand même. Donc je quitte les W-C ; dans le hall, c'est plein de colonnes. J'avance, et derrière une des colonnes, planqués, qu'est-ce que je vois ? Eh bien c'est là que je voulais en venir, et on y arrive quand même : Yasmine et Benamou. Il cherchait à la faire entrer dans le béton tellement il forçait. Ça m'a coupé le moral pour le restant de la journée. Déjà que c'était pas un endroit qui m'inspirait beaucoup, ça m'a fait un coup de fatigue, et j'ai eu envie de m'asseoir pour toujours. Il faisait pas beau en plus, et tous à ricaner, à cavaler, et la Rosy qui s'époumonait, elle aimait ça elle, la Cité des Sciences, elle aurait bien voulu qu'on adore ça aussi, elle y tenait même, mais il n'y avait rien à faire, c'était son désespoir, elle n'y arrivait pas, elle ne comprenait pas pourquoi en plus..., c'est un peu comme moi avec Félicienne et le foot, j'aime le foot, alors j'essaie de lui expliquer les règles, les moments du jeu pour qu'elle soit contente, pour qu'elle saute en l'air quand il y a but ; alors je lui dis tout pendant des heures, elle écoute et, quand j'ai fini, elle regarde vaguement la télé, elle voit le goal qui bloque la balle, et elle fait : « Et lui, pourquoi il a le droit de la prendre avec la main et pas les autres ? » Ça lui paraît une injustice. Je laisse tomber... Eh bien, Rosy c'est pire parce que c'est son boulot de nous forcer à aimer, mais c'est un métier de fou, parce qu'on peut pas forcer... Le type qui arrive à faire aimer le foot à Félicienne, c'est un costaud, et la prof qui me fait aimer la physique-chimie et les sciences nat, vraiment balèze... Donc j'ai fait semblant de pas les voir. Je sais pas pourquoi Yasmine faisait ça. Ce que je sais, c'est que j'ai fait le tour de la colonne et j'ai décidé de vivre seul toute ma vie.

J'ai pris la décision tout de suite : je n'aurai jamais de femme. Si elles étaient capables de se laisser rouler des saucisses par un mec comme Benamou, c'était plus la peine de s'en occuper. Ça voulait dire qu'elles ne valaient pas la peine, elles étaient pas assez humaines. Voilà, c'était comme ça la vie, je continuerai la route solitaire. Je les regarderai plus. En réfléchissant après, je me suis dit qu'elles n'étaient pas toutes comme ça, qu'il y avait des exceptions : Félicienne par exemple ; mais s'il fallait attendre de tomber sur une exception, ça pouvait durer longtemps et on était pas sûr d'y arriver, alors j'ai fait le serment, sauf si je rencontrais une femme vraiment humaine, de rester célibataire.

Et les histoires Yasmine-Benamou, je m'en fous. Ça ne me regarde même pas, et même si elle le laisse tomber et qu'elle me supplie de la coller à une colonne en béton, eh bien tintin ! Pas pour moi leurs petites histoires. En plus que s'il me voyait à tourner des galous avec son ancienne, il attendrait même pas de jouer au foot pour m'enfoncer dans le sol. Il dit qu'il fait des haltères, et c'est vrai. C'est le type le plus costaud que j'aie vu, à part Schwarzenegger. Le plus costaud et le plus con. Alors voilà l'histoire, c'était une journée triste, j'arrivais pas à émerger, Rosy nous a traînés partout, on a fait tous les étages, on était morts. Dès qu'on voyait une chaise, on était trente à s'asseoir dessus... Et elle qui filochait vers les escalators : « Restez groupés ! » Elle nous a pas fait cadeau d'un schéma et, en sortant, la bonne nouvelle : « Résumez en trois pages tout ce que vous avez retiré de cette visite. » À remettre dans deux jours. La joie ! J'allais quand même pas lui dire que j'en avais retiré la certitude totale que les femmes sont pas humaines, puisqu'elles se font embrasser par un autre type que moi... Pourtant c'était vrai, et j'avais appris aussi que j'avais pas de pot avec les filles et, côté amour, je démarrais mal.

LETTRE

Ma chère Eugénie,

C'est drôle que je t'écrive aujourd'hui parce que en fait, on a fini ton bouquin depuis plusieurs mois. Bien sûr c'est pas ton bouquin, c'est le bouquin de Balzac, mais tu es le personnage principal, donc c'est quand même un peu ton bouquin.

Ça fait quatre fois en quelques lignes que j'ai écrit « bouquin », et d'habitude j'évite les répétitions, sinon avec la mère Brotteau, la note baisse, mais l'avantage quand on fait pas une rédaction, c'est de pouvoir écrire tout ce qu'on veut, et même si ça me fait plaisir, je peux répéter bouquin, bouquin, bouquin jusqu'en bas de la page, et il n'y aura personne pour venir me souligner en rouge. Donc je viens t'écrire.

Ce qui est encore le plus étonnant de tout, c'est que, pour dire toute la vérité, c'est pas une histoire que j'ai tellement aimée, parce que c'est quand même très long et, au point de vue action, c'est complètement déficient, et il faut dire que je n'ai pas tout le temps écouté, parce que vous savez ce que c'est, parfois on a des devoirs en retard, des trucs à faire, et comme je suis dans le fond de la classe avec

Dugontier, on en profite pour se mettre à jour, finir les problèmes, réviser les sciences nat, surtout en période de compositions, donc on n'est pas attentifs, et je n'ai pas toujours suivi vos malheurs de près.

Parce que en fait, quand on lit votre histoire, la première chose qui vous vient à l'esprit, c'est de se dire : et pourquoi elle reste dans son coin à attendre toute sa vie ce type pas intéressant ? Ça énerve un peu. Attendre, attendre, c'est pas une existence, surtout qu'à ton époque, pas de télé, et puis on devine l'ambiance de la maison, parce que ça, c'est bien décrit : baraque ancienne, sombre, avec les poutres, toute sale, avec la cuisine et les rues dehors où il ne passe personne. Un coin à se flinguer, avec la Loire, la servante qui n'est pas franchement comique, et l'autre grigou de père Grandet, toujours à compter ses sous, on se demande comment tu peux tenir le coup, et ça, déjà, ça te rend sympathique, parce qu'on te plaint, et puis surtout, en y réfléchissant, ce que j'aime bien chez toi, c'est que des histoires d'amour, tu n'en as pas trente-six. Et ça, quand on y pense fortement, c'est vraiment bien parce que ça s'appelle la fidélité, et ça change pas mal des films ou des bouquins d'aujourd'hui, ou même de la vie où les filles changent tout le temps de mec. Je vois ça très bien dans mon école : un jour c'est Machin, le lendemain c'est Truc et la veille c'était Chose. La pire c'est Pizaborgho de 4e B2 où un type lui fait même pas la journée. Un matin, elle arrive avec Fernandez et le soir elle part avec un des jumeaux Pétiron, et même encore pire : quelquefois elle en a un différent à la cantine, et même un autre à la récré, sous l'escalier. Pourtant c'est de loin la plus moche de l'école.

Donc toi, c'est l'inverse, et finalement je trouve ça magnifique parce que c'est également mon cas, toi en fille, moi en garçon. Et moi je dis que quand on a trouvé quelqu'un, qu'on est sûr que c'est l'amour, faut pas chercher ailleurs parce que ça sert à rien, et comme ça, on a un secret et on gagne la solitude. Parfait. Alors dans ton histoire, ce qu'il y a de terrible, c'est que le type attendu, il s'en fout complètement, il a tout oublié, il s'est déjà marié dix fois, et si on lui dit : « Et alors, Eugénie Grandet, vous avez oublié ? Mais ça fait vingt ans qu'elle vous attend ! À Saumur ! » Vous savez pas ce qu'il répond ? « Eugénie qui ?... »

Coup dur terrible. Parce que ça, c'est la façon des gens pas sympathiques, ils font des promesses, ils jurent que c'est vrai, et puis deux heures après, ils se rappellent pas ; Dugontier est un peu comme ça, un jour il dit : « Je te file mes tennis, j'en ai acheté une autre paire. » Eh bien si tu le crois, que tu sois à Saumur ou ailleurs, tu peux les attendre toute ta vie ses tennis. Alors bien sûr, c'est pas comparable, les tennis c'est moins important qu'un fiancé, mais enfin c'est pour faire comprendre. J'aime pas les gens qui n'ont pas de parole, et ce qui fait qu'on t'aime bien, malgré le côté un peu gourde, c'est que tu as fait confiance et que tu crois toujours que le type, il va revenir, parce que ça ne te vient pas à l'idée qu'il fasse le contraire de ce qu'il dit.

Eh bien si.

Ça existe et même tous les humains sont comme

ça, à part quelques-uns. Alors le résultat de tout ça, c'est patience et douleur. Parce que même avec l'espoir, ça doit faire long ; j'imagine bien ça, le soir qui tombe, pas un rat dans les rues, c'est l'hiver gris, ça file quand même pas mal le cafard cette histoire. Personnellement, je peux te l'avouer aujourd'hui, j'aurais fini le bouquin différemment, mais ça, c'est du ressort à Balzac ; moi j'aurais fait retourner le mec, carrément. Un jour, il se serait pointé, tout cool, impeccable, mariage et tout le cirque qui va avec, c'était quand même plus gai, et puis pour que ce soit pas trop con, au bout d'un moment c'est toi qui en as marre de ce type, et tu commences vraiment à pas le supporter, et un beau jour, hop, les valises : Eugénie Grandet en Amérique, Eugénie Grandet au Venezuela, Eugénie Grandet sur la banquise, etc., etc. Et lui, qu'est-ce qu'il fait pendant ce temps-là ? Il attend. A Saumur, juste retour des choses. Voilà, ma chère Eugénie, ce que je voulais te dire, je t'embrasse dans ta très grande solitude.

Un de tes lecteurs.

JOSEPH

SCÉNARIO DE FILM

SÉQUENCE I

On voit un château à travers des toiles d'araignées qui pendent. Il y a des arbres devant mais pas de feuilles dessus, et de la brume flotte, partout. À une des fenêtres, on entend un volet qui bat lentement comme un tam-tam, et la musique est extrêmement triste.

Devant le pont-levis, on distingue une voiture arrêtée. On voit l'entrée à la lueur des phares : sur les côtés, on dirait des cercueils mais dans le brouillard, on ne sait pas. On voit aussi des statues avec des ombres longues, et parfois on dirait qu'elles bougent un peu, mais ce n'est pas sûr non plus. Il y a également du vent parce que parfois, il y a des trucs qui passent dans l'air lentement. Sur les tours avec des créneaux, c'est plein de hiboux, ils regardent en bas la voiture et s'envolent.

SÉQUENCE II

Deux personnes sortent de la voiture, lui s'appelle Jo : très beau, grand et costaud, fort menton carré, sportif, on comprend que c'est un champion. Elle, c'est Jenny, blonde et magnifique avec un short en

jean très court tout effrangé, et un tee-shirt qui colle. Ils parlent.
JO : Ça y est, on est arrivés.
JENNY : Tu es sûr que c'est ici ? (On voit qu'elle a peur.)
JO : Oui, c'est marqué sur la porte.
JENNY : Aaaaah ! (Elle pousse un cri parce qu'un hibou lui a foncé dessus.)
JO (riant) : Ha ! ha ! ha ! n'aie pas peur, c'est un hibou.
JENNY : Viens, on s'en va.
JO : Non, Ben et Mina nous attendent, avec moi tu ne dois pas avoir peur. (Il la serre contre un des arbres et l'embrasse très fortement.)
JENNY : Arrête-toi, quelqu'un nous regarde.
JO : Où ça ? (Il cherche dans tous les coins mais il ne voit rien.)
JENNY : Bon, allez, entrons.

Ils entrent.

SÉQUENCE III

Ils sont dans une grande pièce avec des plafonds immenses, des armures, des tableaux avec des gens de l'ancien temps, lugubres avec l'air tous malades, et puis partout sous les tables et les chaises, ça grouille de rats.
JENNY : Ah, des rats, des rats, des rats. (Elle le répète sans arrêt.)
JO : Oui, des rats, et alors, c'est normal dans les vieilles maisons quand on ne fait pas le ménage, c'est pas la peine de crier.

JENNY : Oh toi, tu es toujours plus malin que les autres.
JO : Oui, c'est pour ça que tu m'aimes.
JENNY : Alors, embrasse-moi.

Ils s'embrassent comme tout à l'heure en encore plus fort.

JENNY : Arrête Jo, nos amis doivent être quelque part. (Elle appelle.) Ben, Ben, Mina, Mina, où êtes-vous ?

On voit une porte s'ouvrir lentement en grinçant.

JO : Regarde Jenny, la porte.

Jenny regarde. Elle a de plus en plus peur. Elle s'accroche au gros biceps de Jo.
La porte reste entrouverte, elle ne bouge plus.

JO : Ça c'est Ben, il a toujours fait des blagues, il veut nous faire peur. (Il quitte Jenny et va ouvrir la porte.)

SÉQUENCE IV

La porte est ouverte et on voit Ben de l'autre côté avec un pieu planté dans le ventre. Il a des yeux qui lui sortent de la tête et pendent sur ses joues, il y a du sang partout et des tripes qui sortent de son ventre ouvert. Il tire la langue et a un rat sur la tête qui lui mange les oreilles. Il est cloué contre le bois avec des pointes très aiguës.
JENNY : Aaaaah, c'est Ben, il est mort, aaaaaah, aah ! (Elle devient hystérique.)

Jo : Tais-toi, Jenny, nous allons prévenir la police.
Jenny : Aaaah, aaaah, aaaah... (Elle ne peut plus s'arrêter.)
Jo (donnant une gifle à Jenny) : Tiens, prends ça.

Elle s'arrête.

Jenny : Vite, sortons.

Séquence V

Ils courent vers la porte mais on entend un bruit terrible et on voit la porte se fermer, et des grilles avec des barreaux énormes qui tombent. Ils sont prisonniers.

Jo (on voit qu'il ne perd pas la tête) : Cherchons un autre passage.
Jenny : Nous sommes prisonniers, nous allons mourir.
Jo (énervé) : La ferme !

Ils courent dans des escaliers, partout...

Séquence VI

Ils arrivent dans un souterrain avec des tombeaux.

Jo : Je suis sûr qu'il y a un passage.

Jenny est couverte de toiles d'araignées, elle est épuisée et tombe sur un des tombeaux ; elle fait bouger le couvercle et on voit quelque chose à l'intérieur.

JENNY : Viens voir, il y a quelque chose.
JO : Où ça ?
JENNY : Là, dans le tombeau.

Il pousse le couvercle, on voit tous ses muscles qui forcent, la sueur ruisselle comme Schwarzenegger, et ça y est, le tombeau est ouvert : dedans on voit des vers partout qui grouillent avec la tête coupée de Mina.

JENNY : Aaaah, aaaah !
JO : Viens, nous ne pouvons plus rien pour elle, il faut sortir d'ici.
JENNY : Mais qui a fait ça. Qui ? Qui ?
JO : Ça doit être un fou.

Il ramasse une hache qui traîne par terre et la soulève : maintenant il est armé.

SÉQUENCE VII

Ils arrivent dans la cuisine, il y a une grand-mère très gentille qui fait du café.

JO : Mais que faites-vous ici ?
LA GRAND-MÈRE : Mais qu'est-ce que c'est que ça ? C'est à moi de vous demander ce que vous venez de me demander, c'est ma maison et vous, qui êtes-vous ?
JENNY : Je m'appelle Jenny et monsieur est mon fiancé, nous cherchons nos amis...
LA GRAND-MÈRE (l'interrompant) : Vous voulez du café ?
JENNY : Avec plaisir.

Jo : Ils sont morts, lui il a un pieu dans le ventre, et elle, la tête coupée.
La grand-mère : C'est terrible, ils ont dû rencontrer Hans.
Jenny (qui boit son café) : Qui c'est Hans ?
La grand-mère : J'ose pas le dire à tout le monde, mais c'est mon petit-fils, il est fou, c'est un meurtrier, il tue tout ce qu'il trouve : les mouches, les souris, les gens.
Jo : Il faut le faire enfermer.
La grand-mère : Oui, je crois que c'est ce que je vais faire. Encore du café ?
Jenny : Non merci, il est très bon mais j'en ai assez.

Séquence VIII

On voit la grand-mère qui repose la cafetière sur la cuisinière, et quand elle a fini, sa manche se retrousse et elle a pas de main : à la place elle a comme des pinces de homard, mais noires.

La grand-mère : Et vous vous appelez comment ?
Jenny : Jenny (Elle bâille.)
Jo : Pourquoi tu bâilles ?
Jenny : C'est dans le café, elle a mis quelque chose qui... (Elle a pas le temps de terminer, elle s'est endormie.)
Jo : Vous n'êtes pas une grand-mère !
La fausse grand-mère (avec une voix d'homme) : Vous êtes perdus, vous ne sortirez jamais vivants d'ici.
Jo (soulevant sa hache) : Tiens, prends ça.

D'un seul coup, il lui coupe la pince de homard. On croit qu'elle va mourir. Pas du tout, sa pince repousse, par effet spécial.

LA FAUSSE GRAND-MÈRE : Ha, ha, tu ne t'y attendais pas, hein, petit con...

LETTRE

Dear Lauren,

Thank you for your letter.

I am very happy you make progress in french. Me, I no make progress in english. Tant pis.

I am very happy also savoir the name of your sister is Suzy and the name of your father is John and the name of your mother is Janet, etc., etc.

During this moment, I make a scenario of movie of épouvante. The story is terrible, the name is : « Le secret de la grand-mère » (the secret of Grand-Mother). In fact, is not a veritable Grand-Mother, is a monster, she have not hands, have a pince of crabe. In the principal roles, je verrais bien Stallone for Jo, Adjani for Jenny and Jeanne Moreau for the Grand-Mother. I have not terminated. I say good bye to you and God save the queen.

JOSEPH

P.-S. You ask me the name of my father ; the name of my mother, etc., etc. My mother and my father have no names because I am orphelin. It is very terrible. I am alone in the world. Regood bye.

ÉCHANGE DE MOTS EN CLASSE AVEC DUGONTIER

T'as trouvé combien ?

Pourquoi tu veux pas le dire ?

C'est parce que t'as rien trouvé, pauvre con.

6 937 mètres carrés.

C'est combien si c'est pas ça ?

T'es un vrai taré toi, Dugland.

Que j'aille toucher quoi ? J'arrive pas à lire.

T'es un obsédé, toi.

C'est même pas vrai, elle t'a pas fait ça.

Dans la cour ?

Taré, Dugontier.

Alors combien tu trouves, merde ?

Puisque c'est comme ça, zobi pour le walkman.

Alors ça, mon pote, alors là, tu peux pas savoir comme je m'en tape.

Moi aussi et à sec.

Moi c'est pas dix fois de suite, c'est cent fois de suite.

Arrête, elle t'a vu passer le papier.

Je te dis qu'elle t'a vu, Laglue. Fais gaffe.

Tu vois, je t'avais dit qu'elle t'avait vu, c'est bien fait pour ta gueule. Pourquoi tu m'as cafté ?

Aussi pourquoi tu dessines des bites partout ? Pourquoi tu m'as cafté ?

Hein, pourquoi tu m'as cafté ?

Cafteur.

T'avais qu'à dire que t'écrivais à Benamou.

C'est pas lui qui va te bourrer la gueule à la sortie, mais ça va être moi, ça mon pote, tu peux y compter.

Peut-être moins musclé, mais tu vas dérouiller quand même, sale cafteur.

Non, elle m'a pas vu, tu dis ça parce que t'as la trouille.

Je te dis qu'elle m'a pas vu et de...

Je ne communiquerai plus par écrit avec mon voisin.
Tu ne communiqueras plus par écrit avec ton voisin.
Il ne communiquera plus par écrit avec son voisin.
Nous ne communiquerons plus par écrit avec notre voisin.
Vous ne communiquerez plus par écrit avec votre voisin.
Ils ne communiqueront plus par écrit avec leur voisin.
Je ne communiquerai plus par écrit avec mon voisin.
Tu ne communiqueras plus par écrit avec ton voisin.
Il ne communiquera plus par écrit avec son voisin, etc., etc.

JOURNAL

Ça y est. Vacances. Et du coup on est à Bonnétable. Enfin, à côté. C'est dans le Perche. La gadoue complète. Ça ne fait que cent ans qu'on y va. Dans cette histoire, y a pas de surprise : on se lève de bonne heure, on fait quelques montagnes de bagages comme si on partait en Alaska, on s'enfile dans la bagnole pourrie, et cap sur Bonnétable. Heureusement, c'est pas loin. Je dis « heureusement » pour la bagnole, parce qu'il faut changer la courroie et que, comme dit Félicien, faut pas être trop à l'écoute des garagistes parce qu'on n'en finirait pas. On n'en finirait pas de quoi ? En attendant, on fume. On fume et on sautille. Les autres roulent, réguliers, nous on sautille par soubresauts. Les gens qui doublent nous regardent. Peut-être ils croient qu'on le fait exprès, que c'est une voiture spéciale, une danseuse.

Pour Pâques, Dugontier va au ski, il raconte qu'il descend schuss, qu'il cavale la nuit dans la neige pour aller dans des boîtes, et il y a des filles presque nues sous les anoraks ; il revient tout brun, il se croit plus beau, mais pas du tout, il a toujours la même tête de con mais en couleurs. Il dit qu'il sait bien faire du ski, mais je demande à voir. En tout cas, en ce qui me concerne, c'est râpé pour le ski parce que y a pas plus plat que Bonnétable, et pour le bronzage on peut toujours attendre : il pleut tout le temps...

C'est la cambrousse à mémé. Elle fait pas attention, elle y est née, alors l'habitude est prise. Le village s'appelle Champlatreux, et c'est bien vrai. On peut pas imaginer plus laid. Quand on sort de la ferme, on fait trois pas et on s'endort tellement il n'y a rien à voir.

Le plus fort de tout, c'est que tout le monde est persuadé qu'ici, je n'arrête pas de m'amuser comme un fou : c'est une légende. Quand on s'en va de chez nous, Félicienne chantonne et elle s'écroule dans la bagnole pourrie à côté de Félicien, et elle se retourne vers moi qui suis à l'arrière en attendant la condamnation aux travaux forcés, et elle s'exclame vers son mari : « Regarde-le comme il est content, on voit bien qu'on va à Champlatreux ! »

Alors Félicien rit, très content aussi, et me regarde dans le rétro. « T'as toujours aimé Champlatreux, hein Joseph ? »

Qu'est-ce que vous voulez que je dise ? Ils sont tellement persuadés que je dis oui.

C'est vrai que j'ai bien aimé quand j'avais trois ans, les poules, les lapins, mémé, la fosse à purin, je courais partout après le canard, il y avait aussi Pilou, il y est toujours d'ailleurs, mais bon, c'est plus pareil.

Seulement ça, ils ne comprennent pas ; parce que j'aimais autrefois, il faut que je continue aujourd'hui : comme si on n'avait pas le droit de changer. Je vais quand même pas cavaler après les poules toute la journée. A onze ans ! Peut-être Benamou, mais plus moi. Alors, vous me direz, il y a les copains. Oui, il y a les copains, mais alors là, si je me laisse aller, je vais en écrire quinze volumes pendant des années, sur les copains de Champlatreux. Pour vous dire le niveau, il y a deux ans, Landré voulait pas croire que j'habitais Paris, et vous savez pourquoi il voulait pas le croire ? Parce que j'avais pas vu Johnny. C'est un type, on a de la peine à le croire en 1994, il s'imagine que vous partez de chez vous un matin pour aller chercher votre baguette chez madame Joannot, et paf, qui c'est qui sort de la boulangerie avec des croissants ? C'est Johnny.

— Salut Joseph, ça va la vie ?

— Ça va bien, et vous monsieur Hallyday, ça roule ?

— Ça roule, Joseph, ça roule, allez, salut et porte-toi bien.

— Vous aussi, monsieur Hallyday, et encore bravo.

— Salut Joseph, et merci.

— Y a pas de quoi, monsieur Hallyday. Je peux vous appeler Johnny ?

— Bien sûr, bien sûr, Joseph, tant que tu voudras..., etc.

Et comme ça pendant des heures. On fait trois pas et toc, qui c'est qui déboule au coin de la rue ?

— Alors Joseph, t'es en forme ?

— Oh oui, m'sieur Depardieu, et vous ? Ça a l'air de péter le feu...

— Ça marche pas mal, mon pote, ça marche même pas mal du tout...

Etc., etc. Et après mon pote Gérard, c'est Adjani

qui me tapote la tête, et voilà Mireille Mathieu qui se pointe, et il croit que c'est comme ça que ça se passe à Paris, Landré de Champlatreux.

Evidemment, je l'excuse, c'est pas dans son coin qu'il risque d'apercevoir Clint Eastwood, mais quand même, tout ça pour dire qu'il est pas futé. Remarquez, ça dépend pour quoi, parce qu'il y a des trucs qu'il sait faire, mais dans son secteur bien précis : des pièges pour les piafs, des sifflets, des petites conneries qu'il taille avec son canif tordu ; et puis alors les tracteurs, alors ça, c'est le caïd du tracteur, quand il peut monter dessus, c'est comme s'il était le roi de la terre, c'est le bonheur suprême.

L'été dernier, il est venu tous les soirs, je répète : tous les soirs, voir la télé. Une vraie colique parce que le problème, c'est qu'il regarde d'abord et qu'il raconte après. Par exemple, on a vu « Robin des Bois », ça se termine, musique, le roi a tout arrangé, ils se marient. Fin. On éteint le poste, et alors qu'on va tous se coucher, il commence : « C'est un type qui vit dans la forêt avec son arc et ses copains, et il y a des salauds qui veulent être les chefs... etc., etc. » Ça me fout en rogne. On lui dit : « Mais c'est pas la peine, on vient de le voir. » On peut pas l'arrêter, c'est plus fort que lui, c'est peut-être pour montrer qu'il a compris l'histoire. « Et alors il tire des flèches, et il va délivrer le prisonnier qui va se faire pendre... etc., etc. » Il y en a qu'une qui est d'accord avec ça, c'est mémé, parce qu'elle s'est endormie. Ça, y a rien à faire, je l'ai jamais vue assister à un film en entier, c'est plus fort qu'elle. Des fois, elle dit : « Ah, ce soir, c'est très bien, c'est un film avec Sissi. » Elle aime bien le genre : les crinolines, la couleur confiture, les châteaux, les réceptions, les beaux costumes, les Autrichiens avec les épaulettes, les valses, toute la crème Chantilly. Elle s'installe devant avec lunettes et berlingots, ça démarre, elle est contente, et crac, trois minutes après, elle dort. Et pourtant elle a fait la sieste l'après-midi en prévision. Ça sert à rien. Donc quand Landré commence : « C'est une fille qui monte dans un carrosse pour aller à Vienne avec sa mère, et elle est pas contente parce que..., etc., etc. », ça arrange mémé parce que ça lui fait un résumé. Elle va pouvoir s'imaginer qu'elle l'a vu.

Voilà, ça c'est Champlatreux côté copains. Côté filles, alors là, c'est plus que de la désolation, c'est le désert. Elles sont toutes parties faire du ski, et elles dansent à poil sous leur anorak avec Dugontier ; en tout cas, j'en ai jamais vu une dans le coin. Une fois j'en ai parlé avec Landré. Au fait, il s'appelle pas Landré, il s'appelle André, mais c'est un tic de la région, puisque moi, on me dit le Joseph, donc on lui dit l'André. De vrais tarés.

Donc j'ai demandé à Landré : « Y a des filles dans ton pays ? » Il a fait : « Des filles ? »

Il écarquillait les yeux, j'ai cru qu'il savait pas de quoi je parlais. Je lui aurais demandé s'il y avait pas de temps en temps des dinosaures qui se pointaient dans son carré de betteraves, ça l'aurait moins étonné. Il a remué la tête, il s'est remonté la chandelle en aspirant parce que, j'ai oublié de le dire, mais il a toujours le nez qui coule, il s'est frotté le derrière contre le mur, et il a fait : « Des fois. »

Avec ça, je suis renseigné. Personnellement, j'en ai

jamais vu, pourtant je viens ici depuis toujours, j'y passe la Noël, Pâques, les grandes vacances, la Toussaint, et comme ça suffit pas, on s'y pointe certains week-ends. Au fond ce que je préfère, c'est la Toussaint, parce que tant qu'à être dans un pays triste, vaut mieux que ce soit triste carrément, et la Toussaint, vous pouvez me faire confiance, on peut pas mieux faire : le cimetière en fin d'après-midi, quand on patauge dans la bouillasse, avec les pots de chrysanthèmes, le crachin et les vieilles en noir qui cherchent les arrosoirs, comme si c'était nécessaire avec ce qui tombe... faut avoir confiance dans la vie pour pas se tirer une balle dans le caleçon. En plus, mémé qui montre à chaque fois son caveau et qui dit : « Je serai là. » Déjà, c'est démoralisant comme phrase, mais comme elle pense que c'est pas assez, elle attend un moment et elle ajoute : « Bientôt. » Alors là, on touche le fond.

J'arrive pas à comprendre que les gens envisagent des trucs pareils. C'est peut-être parce que je suis un mec encore assez jeune, mais quand même... D'ailleurs, je pense que je vais me faire brûler. Comme de toute façon, on sent plus rien, on peut y aller. Si j'avais eu une tête qui me plaise et si j'avais été balèze, peut-être que je l'aurais pas fait, mais comme de toute manière je suis loupé, pas de problème, retour au four ; je crois que quand on est très beau, avec le menton, les narines larges et tout le reste, on hésite parce que c'est vrai que c'est con que tout parte en fumée, mais autrement, hop, on en parle plus.

Je voudrais même pas qu'on garde mes cendres

dans une urne comme il y en a qui le font. Ça, je trouve ça dégueu, c'est pas encombrant d'accord, mais enfin avoir un peu de son grand-père ou de son tonton ou de n'importe qui dans le placard, ça me colle les grelots. Donc, dans mon testament, ce sera marqué : brûlé et pas de cendres. Parce que j'aimerais pas que mes enfants me montrent à leurs enfants quand ils viennent le dimanche. J'imagine après le dessert : « Vous voulez voir votre grand-père ? Venez, il est dans la belle boîte dorée, si, venez voir. Pourquoi vous avez la trouille ? Il était pas méchant, pépé, et maintenant encore moins, vous pouvez vous approcher, il va pas vous balancer une droite... »

Je sais pas pourquoi je pense tant que ça à la mort, mais il y a des moments où j'arrête pas. J'arrive pas à croire qu'un jour, j'existerai plus. Je m'y fais pas. Ça me prend souvent la nuit pendant l'été, quand on se balade après le dîner et que je vois les étoiles ; j'arrive pas à comprendre qu'elles continueraient à être là et moi non. Ça me dépasse. C'est encore de l'injustice. Et puis on vieillit vite, c'est fou ce que ça file. Tout ça, c'est le temps qui passe. Très grosse affaire.

Donc, pas de filles. Yasmine est en colo. Colo mixte. Et devinez qui est parti avec elle ? Pas la peine de faire un dessin. Mais faut pas qu'ils s'imaginent qu'ils vont se passer des langues pendant quinze jours, parce que j'y suis allé une fois en colo, on peut dire qu'on s'est pas marrés : sévérité complète. Jeux de piste obligatoires et chants en canon. Quatre jours à répéter « Trois jeunes tambours » en canon, j'ai cru mourir. Il y a un groupe qui part au début à « Trois jeunes tambours », le deuxième groupe qui part après « s'en revenaient de guerre » et le troisième qui démarre après « ranpataplan », pas celui du premier mais celui du deuxième groupe. Alors ce qui se passe, c'est que le deuxième groupe se goure en général au début : il y en a qui partent avec ceux du premier parce que c'est normal, c'est plus fort que vous, si on vous dit « partez » vous partez, vous allez pas attendre que les autres soient partis parce que vous avez peur d'être en retard pour la suite. Donc, ça commence : « Trois jeunes tambours », mais ceux qui ont attendu « s'en revenaient de guerre », ils voient que leurs copains chantent, alors ils se disent « Merde, on est à la bourre », donc ils attendent pas que ce soit leur tour et ils chantent aussi, mais là encore il y a des différences, il y en a qui enchaînent et d'autres qui démarrent au début, mais évidemment ceux qui sont partis les premiers ont de l'avance, donc ils sont en retard, alors qu'est-ce que tu fais quand t'es en retard ? Ben, tu accélères évidemment, tu essaies de les rattraper, et il y en a qui y arrivent, et même ils doublent les premiers, ce qui fait que les types qui chantent en deuxième arrivent à « ranpataplan » avant ceux qui sont partis les premiers, et c'est alors que démarre le troisième groupe, et pour eux c'est le plus difficile, parce qu'on leur a dit « Vous partez quand vous entendez "ranpataplan" » mais le problème, c'est qu'ils l'entendent pas en même temps, puisque les types arrivent pas ensemble, alors là c'est le pire parce qu'il y a ceux qui entendent « ranpataplan » les premiers et qui démarrent, et ceux qui l'attendent après, et là, ça y est, c'est le bordel. Et en plus, il y en a qui chantent autre chose, pour faire chier, « La Marseillaise » ou « Tiens, voilà du boudin », ou la dernière de Johnny Hallyday, ce qui fait que la mono, elle devenait totalement folle, des après-midi entiers à hurler après nous. On dit qu'entre les vacances, elle fait des dépressions. Elle a qu'à nous faire chanter tous en même temps.

J'ai détesté la colo, on dirait qu'ils avaient juré de nous faire jouer tout le temps. Ils devaient s'imaginer que si on joue pas, on s'ennuie, alors que c'est l'inverse. Moi, j'aime bien bouquiner ou discuter de choses intéressantes avec un copain, être tranquille quoi, alors que là il y avait toujours un taré dynamique qui se pointait : « Allez, une balle au priso, tous en petites foulées, on se répartit en deux camps et balle au priso. » J'en ai l'horreur moi, de la balle au sopri, c'est chiant comme tout comme jeu, je voulais bouquiner tranquille ou écrire mes petites histoires, mais alors pour ça, ouallou ! En plus, ils lisaient les lettres, les monos : si, par exemple, j'avais écrit : « Je m'emmerde, on fait de la balle au priso tous les jours, il pleut à verse, ils nous tapent dessus avec des fouets spéciaux, venez me rechercher », ça aurait pas duré trente secondes, je me retrouvais dans le bureau du dirlo : « Alors mon petit Joseph, il paraît qu'on te fouette sans arrêt, et que tu te plais pas avec nous ? » Là, j'étais coincé ; alors je racontais n'importe quoi à Félicien et Félicienne, que je m'amusais bien, qu'il y avait du soleil de temps en temps, que les monos étaient sympas, qu'on chantait

« Trois jeunes tambours », etc. Je les imaginais en train de lire ma lettre dans la cuisine : « Ah tiens, il chante “Trois jeunes tambours” ! Ça doit lui plaire ça... » Forcément, vu de loin, quand on chante, c'est qu'on est content, et pour qu'ils viennent me chercher, il aurait fallu au moins que je me casse les deux jambes, brisées en mille morceaux, ou alors la rougeole qui recommence, ou une catastrophe comme une amputation, mais sinon, rien à faire. Il y en avait un chez les mouettes qui s'était fait piquer par des abeilles. Il avait gonflé, on aurait dit un ballon dirigeable ; eh bien il est resté à l'infirmerie, ses parents ont même pas pu venir le reprendre. Moi j'étais dans les hirondelles. L'équipe des minus évidemment. Il y avait les goélands qui étaient les grands baraqués. Après, les frégates, les mouettes, les cormorans, je sais plus quoi encore, et en dernier les hirondelles. Y avait pas plus bas. La lie de la terre. En plus on avait un cri de ralliement, alors ça, c'était le fin du fin. Le mono disait : « Hirondelles ! » Enfin, il le disait pas, il le hurlait, et nous tous, on fonçait et on disait : « À tire-d'aile. »

J'avais même inventé pour les autres : « Goélands ! Toujours lents ! », « Mouettes ! Toujours pouet-pouet ! » alors qu'en fait c'était « Mouettes ! Toujours prêtes ! » et « Goélands ! En plein élan ! ». Enfin, ce qui me coupait le plus le moral, c'était de voir qu'il y en avait qui aimaient ça, les jeux, les rassemblements, faire le lit, marcher au pas, ça m'a fait désespérer de l'espèce humaine parce que, pour prendre goût à tout ça, il faut vraiment être con.

On me croira peut-être pas, mais j'ai regretté

Champlatreux, je rêvais de mémé tous les soirs, de Pilou, des canards, du purin, c'était mon idéal, alors que si j'y avais été, j'aurais trouvé ça aussi tarte que d'habitude ; c'est dire si l'âme humaine est mystérieuse.

Je me suis encore regardé ce matin en manœuvrant le miroir pour me voir de profil, et ça ne s'arrange pas : je ne m'habitue pas à être moi, j'aimerais être un autre, n'importe qui, sauf Benamou bien sûr, mais à part lui, je préfère tout le monde à moi. Il y a un rêve que je fais, j'entre dans un magasin où ils vendent des têtes. Pas des masques, de vraies têtes, et je suis content comme tout, j'en choisis une belle avec le menton farouche, je la passe par-dessus la mienne comme un passe-montagne, et voilà, mon problème est réglé.

D'ailleurs, je dis que c'est un rêve, mais ça peut arriver, c'est de la chirurgie esthétique, ils vous rajoutent un petit quelque chose par-ci, ils vous enlèvent un petit quelque chose par-là, et voilà le travail. Le tout c'est qu'ils vous loupent pas, parce qu'on dit que ça arrive. Par exemple, s'ils vous ont refait le pif et que ça lâche, un soir vous vous retrouvez avec le tarin qui plonge dans la soupe. Félicienne dit qu'elle ne fera jamais une chose pareille ; forcément, elle, elle est impec. Pourquoi elle le ferait ?

J'attends Landré pour aller à la pêche, encore une belle aventure campagnarde : on s'assoit le cul dans la boue, on s'esquinte les doigts à accrocher des saloperies visqueuses de vers de vase à l'hameçon, ce qui vous fait pisser le sang, et on attend que ça morde. Ça peut durer des heures. Landré en attrape, moi jamais. Je m'en fous d'ailleurs, j'aime pas le poisson. Je reste là avec ma gaule et d'abord, je regarde le bouchon, et puis avec le reflet dans l'eau qui fait tout trembler, ça m'endort, alors je me mets à penser à des tas de choses, tout ce que je ferai plus tard, je regarde les nuages aussi. Ça, pour les nuages on est gâtés par ici : de toutes les formes et de toutes les dimensions... Ça nous est arrivé de rester trois heures sous la flotte pour deux ablettes de vingt-cinq grammes. Mais ça fait deux jours qu'il pleut pas et, il faut le reconnaître, c'est quand même le printemps. Ça se voit aux bourgeons, les fleurs vont bientôt péter partout et l'herbe devient plus vernie ; et puis le signe surtout qui trompe pas, la chose que vous pouvez vous dire que là, vraiment, y a pas d'erreur, c'est le printemps qu'arrive, c'est que mémé met plus ses bandes molletières. Ça, c'est la chose suprême : si un matin, elle se lève, et plus de bandes molletières, ça veut dire que l'hiver est fini.

C'est son père qui les avait rapportées de la guerre de 14, elle s'en est toujours servie. Un jour, je lui ai dit : « Pourquoi tu mets pas des chaussettes en laine comme tout le monde ? » Elle m'a dit : « C'est pas assez chaud. Ces bandes-là, elles ont fait Verdun. » Difficile de discuter.

LETTRE

Chère Yasmine,

Je voulais t'écrire une carte postale, mais je pense que je n'aurais pas eu assez de place, donc je t'envoie la carte postale et la lettre. Comme tu peux le voir, ça représente un paysage d'Eure-et-Loir, d'ailleurs c'est écrit derrière. Le village qui est sur la photo, c'est là où je suis. Là où il y a la croix au stylo, c'est ma maison et la dernière fenêtre, c'est ma chambre. Comme ça, tu peux imaginer où je vis et où je passe mes nuits à penser à des quantités de choses, et même à toi de temps en temps, pas toujours.

J'espère que tu t'amuses, bien que tu sois loin de moi. Evidemment ce que je viens d'écrire, c'est une plaisanterie pour mettre autre chose que dans les rédacs à Brotteau.

Je me promène beaucoup solitairement.

J'aime être seul pour penser à la vie et à tout ce qui l'entoure, à l'avenir, et également voir la beauté du monde. C'est dans ces moments-là, lorsque je suis couché dans l'herbe verte et parfumée, que je pense à toi, et ça m'embête parce que je me dis que tu dois être en train de faire une balle au priso, ou de déconner avec tes copines.

Je sors assez souvent le soir et je regarde les étoiles lointaines, et c'est là que l'envie me prend de t'écrire des poèmes. J'ai un ami ici qui veut absolument qu'on sorte avec des filles, il en connaît plein, mais moi ça ne me dit rien, et tu dois deviner pourquoi, parce que ne compte pas sur moi pour te le dire, ça te ferait trop plaisir.

L'autre jour, il est venu me chercher pour aller en boîte je ne sais pas où, et il est arrivé avec une nommée Nadia, le contraire de toi, blonde avec la mini, les talons, les bijoux, le maquillage fluo, le gel fixant, les paillettes, le Perfecto et le parfum, alors je te dis pas, un demi-litre par mètre carré... Elle a commencé à faire des manières, elle voulait que je lui parle de Paris, tout ça, qu'on pouvait danser gratos parce qu'elle connaissait le disc-jockey, bref un plan d'enfer.

J'ai dit non.

J'ai laissé tomber et je suis allé rêver dans la campagne. Si j'avais voulu, je pouvais évidemment danser, m'éclater, mais non, je préfère la grande solitude humaine et son épais cortège de nuages.

J'en ai profité pour t'écrire un poème que tu trouveras à la fin de cette lettre ; il te racontera un peu ce que je pense de toi, et que, bien que je n'aime pas l'école, je suis quand même pressé que les vacances finissent pour pouvoir te voir à nouveau, même si tu es encore à côté de tu vois qui je veux dire.

J'ai appelé ça : POÈME pour YASMINE.

Quel mot vous prononcez, Yasmine, et quel dom-
[mage
Hélas je ne voyais ni ce charmant visage
Ni ce divin sourire en vous parlant d'aimer.

Vos yeux sont moins doux que votre âme n'est belle
Même en les regardant, je ne regrettais qu'elle
Et de voir dans sa fleur un tel cœur se fermer.

J'espère que ça te plaît et que tu comprends maintenant un peu mieux le secret de mon cœur.

JOSEPH

P.-S. Si tu as déjà fait les devoirs de maths, tu peux m'écrire pour dire combien tu trouves aux fractions.

LETTRE

Dear Lauren,

It is impossible for you to go in Paris during the month of Juillet, very, completely impossible because me, I go in Africa.

Impossible. I go with my uncle and my tant who remplace my dead parents.

If I say to you in my letter of January, I have Father and Mother is an error. I am orphelin completely. I say father and mother but is not true, je voulais dire uncle and tant.

I hope you pass very good holidays in the Sussex, thank you for the postal card, it is very beautiful. The grass is completely green and I am happy you make horse. I go to the fish with my fiancée. We take little ablettes.

Good bye, dear Lauren, and I regret for your journey in Paris, but is completely impossible ; after my return of Africa perhaps : I rest a long time, perhaps 10 years.

Good bye for ever.

JOSEPH

P.-S. I regret of course but qu'est-ce que tu ferais alone ? Paris is a town very complicated, on s'y paume et en plus, c'est extrêmement cher.

P.-S. I make to you a postal card with lions, elephants, zèbre, etc., etc., when I serai in Africa.

LETTRE

Mon petit pote Dugenou,

Comment c'est-y que ça roule, mon petit pote Dugenou ? T'as bien reluqué les gonzesses à poil sous les anoraks ? Parce que si tu t'imagines que je te crois, tu peux te goinfrer tes bâtons de ski. Ici, c'est soleil radieux et filles tous les soirs au casino de Champlatreux. Bien sûr, je rigole. T'as fait tes devoirs de vacances ? Pas moi, j'ai tout regroupé pour le dernier jour.

J'ai vu des films assez sympas à la télé, mais j'ai loupé les chauds que tu aimes parce que ma mémé n'a pas Canal Plus. C'est la cambrousse totale. J'ai eu un coup dur avec ma correspondante. Elle voulait se pointer chez moi. Comme la tienne. Qu'est-ce qu'elles ont toutes ? Collantes les rosbeefs. En plus, je sais pas pourquoi, je lui ai dit que j'étais orphelin. Tu vois sa tronche à son arrivée chez moi ? Donc, j'ai sauvé les meubles. J'ai dit que je partais pour dix ans en Afrique. À mon avis, je suis peinard mais j'ai eu chaud aux plumes. Je lui dirais bien des conneries pour qu'elle écrive plus, mais j'ai peur qu'elle se plaigne à sa mère et que l'autre téléphone : « Y a votre fils qui dit des conneries à ma poor little girl, etc., etc. » Affreux ! Remarque que Félicienne, l'anglais et elle, ça va pas ensemble. C'est un peu comme moi. Mon père dit qu'il a le don des langues, tu parles... Quand on a été à Vintimille l'année dernière pour faire le marché, il parlait par gestes. Pour acheter une bouteille d'asti spumante, il faisait le bruit du bouchon qui saute, avec les glouglous en mimant le type qui boit, après il se frottait le ventre. Commençait à y avoir du monde autour de lui, il est parti furieux avec une bouteille de chianti supérieur. Ils se sont engueulés dans la voiture parce que Félicienne a fait : « Pourquoi tu leur as pas dit que t'aimes pas le rouge, toi qu'as le don des langues... » Il l'a pas bien pris, il a roulé furieusement et on a failli s'encastrer dans un poids lourd. Les boules.

Plus que trois jours, on peut dire que ça passe. À Lauren, je lui ai dit l'Afrique parce que j'avais vu « Les mines du roi Salomon ». Très bien, avec des combats, des lions, la fille qui piaille, tout ce que j'aime. Je lui ai dit aussi que j'allais à la pêche avec ma fiancée pour qu'elle croie que j'en ai une. Comme ça, si elle avait des idées, elle peut se les garder dans l'armoire. Parce que je me dis que si je lui ai trouvé une tête de belette, peut-être qu'elle m'a trouvé pas mal, et qu'elle se dit : celui-là, si je peux lui coller le grappin, je fonce, et c'est là qu'elle se goure completely, parce qu'il faudrait qu'elle se lève de bonne heure et même à l'aube, c'est râpé pour elle.

Remarque, ça m'étonnerait parce que je lui ai envoyé une photomaton, je l'ai eue au Prisu et j'avais le choix entre quatre. Deux où je ferme les yeux parce que j'ai eu le flash pleine poire, une où j'ai les yeux ouverts mais la bouche aussi parce que je suis en train de répondre à ma mère qui me dit de ne pas fermer les yeux, et la dernière où on voit que mon crâne parce que je me levais pour partir en pensant que c'était fini. Je lui ai envoyé celle où j'ai tout ouvert. Peut-être avec une loupe, elle peut même voir si j'ai été opéré des amygdales. Enfin, ça l'a pas dégoûtée puisqu'elle veut venir à Paris. Je te tiens au courant.

Allez, mon petit pote Dugenou Delaroute Dugontier, je t'en serre cinq et à lundi à la boîte, et mort à Benamou gros con, Benamou gros mou.

JOSEPH

PIÈCE EN VERS

ACTE I

La scène représente la cour d'un couvent avec plein de feuilles mortes et un arbre au milieu. On comprend que c'est lui qui les a perdues. Il fait presque nuit et on n'y voit pas grand-chose, heureusement qu'il y a un peu de lune. Il y a un type par terre et plein de bonnes sœurs sont penchées dessus en pleurant. Soudain, une dame qui est à genoux près du corps pousse un cri.

LA DAME

Oh ! mais il a bougé !

UNE BONNE SŒUR

On dirait qu'il respire..

UNE AUTRE BONNE SŒUR

Donnez-lui donc de l'air ou ça va être pire.
Ah, il revient à lui, oh mais ça va bien mieux !

CYRANO (c'est le type par terre)

J'ai bien failli mourir mais je me sens très bien.
J'ai même à l'estomac une petite faim.

ROXANE (c'est la dame)

Que vous m'avez fait peur, mon brave Cyrano !
J'ai bien cru cette fois que vous laissiez la peau.

CYRANO

On ne m'a pas, Roxane, si facilement.
Je vais tout à fait bien, c'est parfait maintenant.

ROXANE

Je suis bien soulagée
De vous voir à nouveau
En parfaite santé.

Cyrano se relève, les bonnes sœurs applaudissent, on sent qu'elles sont contentes, elles disparaissent en bavardant joyeusement entre elles. Il ne reste plus que Cyrano et Roxane.

ROXANE

Alors donc comme ça, vous m'écriviez beaucoup ?

CYRANO (modeste)

Un petit peu...

ROXANE

Donc, c'était pas Christian, c'était vous !

CYRANO

Il ne savait pas bien tenir un porte-plume.

ROXANE

Approchez-vous, on ne voit rien dans cette brume.

Cyrano s'approche, très timide.

ROXANE

Pourquoi n'avoir pas dit que beaucoup vous m'aimiez ?

CYRANO

Vous l'avez remarqué : j'ai un très, très grand nez.

ROXANE

Et alors ? Après tout, qu'est-ce que ça peut faire ?

CYRANO

Mais je suis de très loin le plus laid de la terre !

ROXANE (elle le tutoie soudainement)

Non ! tu es le plus beau, allez, embrasse-moi.

CYRANO

Je n'ose pas, je n'ose pas, je n'ose pas.
Et puis il faut le dire, j'ai promis à Christian
De ne jamais avouer qu'il a copié sur moi.

ROXANE

Mais il y a bien longtemps ! C'est fini maintenant !

CYRANO

Ah, que je suis heureux ! On se marie, Madame ?

ROXANE (elle le revouvoie)

Oui, si vous le voulez, je serai votre femme.

On voit des ombres qui passent, des hommes masqués avec l'épée à la main. Cyrano les voit et dégaine.

CYRANO

Ciel, vite, écartez-vous, car voilà des bandits ! Ils veulent qu'on les cogne !

LE CHEF DES BANDITS

Pas du tout, on est les cadets de Gascogne !

Ils crient de joie, chantent, embrassent Cyrano.

LE CHEF DES CADETS DE GASCOGNE

On l'a cru mort et voilà qu'il s'en va à la noce !

CYRANO

Partons tous à l'église, on y va en carrosse.

Un des cadets s'approche de Cyrano et lui murmure à l'oreille :

LE CADET

Et ton grand nez alors, elle s'en fout ?

CYRANO

Complètement, mon vieux, et ça t'en bouche un trou !

Ils sortent tous pendant que les cloches sonnent et que le jour se lève.

RÉDACTION

La semaine dernière, nous avons été, toute la classe de madame Brotteau, voir « Le Cid » à la Comédie-Française, parce qu'on l'avait étudié en classe après « Eugénie Grandet » qui était très bien aussi.

La salle est très rouge et dorée et j'aime particulièrement le rideau et le lustre gigantesque pendu au plafond ; on croit toujours qu'il va tomber et j'aimerais pas être à la place des gens qui sont en bas, au cas où la corde casse. Nous, on est en haut et sur le côté, ce qui fait qu'on ne voit pas tout, mais enfin c'est bien quand même, surtout quand les acteurs jouent sur la droite. Quand ils reculent vers la gauche, évidemment on se demande ce qu'ils font, mais comme on continue à les entendre, on n'est pas inquiets.

Donc ça se passe en Espagne, et l'homme qui joue Rodrigue est un peu gros. C'est ce que j'ai trouvé personnellement, et quand il dit qu'il a tué tous les Maures, on n'arrive pas à y croire parce qu'il est quand même gros, et il doit pas être rapide pour l'escrime, et le Comte fait beaucoup plus costaud, ce qui fait qu'on n'arrive pas à croire non plus qu'il a encore gagné contre lui. Evidemment, il dit bien les vers mais il fait gros. Ça, c'est la grande critique, mais tout le reste est très bien, les costumes, les décors, tout est très bien.

J'ai bien aimé l'entracte aussi, parce qu'on s'est baladés dans le foyer où il y a d'autres lustres et la statue de Molière avec le marbre qui imite les boucles de ses cheveux, superbe, et j'aurais bien aimé rester encore et regarder les peintures, s'ils avaient pas tenté encore une fois de noyer Balatin dans les W-C. Donc, on a repris nos places et ça a recommencé, Chimène et tout le tremblement. Personnellement, je préfère « Cyrano de Bergerac », parce que je trouve que c'est plus fouillé comme pièce, il y a plus de fond... D'abord ça remue plus sur la scène, ils sont moins bavards que chez Corneille, et je trouve que l'histoire est plus intéressante, parce que, si on fait les comptes, Rodrigue, on se demande de quoi il se plaint : il est héroïque, il gagne tous les combats, il est beau comme tout, pas comme l'acteur qui était trop gros, et en fin de compte il part avec sa fiancée. Alors, tout va bien, on se fait pas de souci pour lui, tandis que Cyrano, c'est dramatique, parce qu'il est moche, et moi je trouve que c'est très intéressant, parce que c'est toujours la même chose dans les pièces, les gens sont toujours beaux, alors que pas lui. Lui, c'est le nez, mais ça pourrait être autre chose : les yeux qui louchent ou le menton, il y a plein d'exemples...

Et ce qui est bien dans « Cyrano », c'est que le type qui est beau, il est taré complet, il sait pas aligner deux phrases, seulement il ment et après, Cyrano est marron parce qu'il y a le secret, il a juré et c'est foutu.

Parce que je suis persuadé d'une chose, c'est que Roxane, si elle avait su que c'était lui qui faisait les poèmes, elle aurait dit d'accord à Cyrano, parce que, pour elle, c'est pas la beauté qui compte, c'est la pensée, c'est une femme intelligente. Alors, quand même, bien que j'aime énormément la pièce, je trouve qu'elle pouvait finir autrement parce que c'est trop triste quand il meurt, alors qu'il pourrait être heureux à ce moment-là, puisqu'elle est d'accord pour se marier avec lui, enfin pratiquement... Donc : « Laisse faire le temps, ta vaillance et ton roi. » Après le rideau est tombé et tout le monde a applaudi, et les acteurs sont venus, et je ne sais pas si vous avez remarqué mais le Rodrigue, il avait du mal à s'incliner à cause de l'estomac, et c'est là que le scandale est arrivé, quand Balatin est passé par-dessus le rebord.

Heureusement qu'il est resté accroché par les mains, parce que, du deuxième balcon jusqu'aux fauteuils d'orchestre, y a bien trente mètres, mais comme vous l'avez vu, on est arrivés à le remonter mais pour savoir qui l'a poussé, alors là faut pas compter sur moi. Après, on a repris le métro, et c'était triste parce que ça faisait trop de différence : on avait passé l'après-midi dans toutes ces dorures avec les anges sculptés, les tableaux, les velours et des gens habillés dans l'ancien temps qui disaient des vers, tout ça très bien, très distingué, et puis tout d'un coup, crac, la bousculade, les couloirs avec les types qui vendent les cacahuètes, les bonnes femmes qui demandent des sous, tout ça moche, enfermé... On était compressés comme tout, et puis ça sent pas bon, faut bien le dire, ça sent jamais bon parce que c'est souterrain, mais alors à cette heure-là c'est le pire de tout ; on voit bien que tout le monde a sué toute la journée, et puis alors le bruit, bonjour.

Ce sont des choses qui rendent tristes, mais c'est difficile d'expliquer pourquoi. C'est la réalité. Enfin, ça fait rien : sauf l'histoire de Balatin, tout était bien et je retournerai au théâtre avec la classe et avec plaisir, mais le Cid était quand même trop gros.

JOURNAL

Peau de vache, la Brotteau.

Recopiez cent fois « Je resterai dans le sujet ». Très intéressant : tu resteras dans le sujet, il restera dans le sujet, etc., etc.

Tout ça parce qu'elle nous a emmenés voir « Le Cid » et que j'ai parlé de « Cyrano de Bergerac » ! C'est ça la liberté de l'enseignement !

C'est pas ma faute si je trouve que dans « Le Cid », il y a rien à dire, alors que dans « Cyrano », c'est très psychologique ; on pourrait en écrire des pages, et puis de toute façon, dans un cas comme dans l'autre, c'est des vers, et c'est ça qui les réunit. J'aime beaucoup les vers, les alexandrins. Des fois, je joue à en faire sans arrêt, ça estomaque Félicienne qui n'y arrive pas. Par exemple, le matin : « Je voudrais mon café avec quelques biscottes/Puis je vais au lycée pendant que tu tricotes. » C'est pas dur, je peux en faire plein, il suffit de savoir compter jusqu'à douze, c'est pas sorcier ; elle, elle admire, elle pense même qu'à cause de ça je vais peut-être devenir écrivain, Polop. Doucement l'orchestre, c'est pas dans mes projets immédiats. Je me vois pas chez Pivot.

— Alors comme ça, il paraît, mon cher Joseph, que vous avez refait « Cyrano de Bergerac » ?

— C'est exact, il ne meurt plus.

— Et pourquoi vous avez fait ça ?...

— Parce que ça me plaisait...

Et patati et patata, je ne vais pas lui expliquer devant tout le monde que j'aime pas du tout quand les gentils meurent, et que je trouve que c'est trop bête qu'il se marie pas avec Roxane, puisqu'elle dit que ce qui est important pour elle, c'est les lettres, que le reste, le nez, tout ça, elle s'en fout, et que les lettres, c'est quand même bien lui qui les a écrites, alors c'est quand même terrible qu'elle le sache pas, c'est vraiment insupportable. Bon, allez, je m'arrête sur « Cyrano », parce que je vais continuer jusqu'à la fin du cahier.

D'ailleurs, pour bien montrer que je ne serai jamais écrivain, c'est que finalement je n'aime pas beaucoup lire, je préfère la télé. Je peux rester des jours entiers devant, s'il n'y avait pas Félicienne et surtout Félicien, collé à jamais au poste... Il n'y a qu'une seule chose que je n'aime pas, c'est les trucs pour les mômes, les jeux, les dessins animés, alors là, je dis « stop », on arrête les frais. Débilité extrême : les types déguisés en écureuils dans des peluches, ou en grenouilles avec des filles en papillons qui battent des ailes, alors là, vomissements assurés. Ce que je préfère, c'est les films d'espions américains, alors là, régal absolu parce que si tu arrêtes de réfléchir dix secondes, c'est fini, tu comprends plus rien. Ça m'a fait ça une fois, en plein milieu, je fonce à la cuisine chercher un Chopito, je reviens, j'avais pas mis cinq secondes, il y en avait déjà un de mort et j'ai jamais su comment c'était arrivé.

Je lis quand même, heureusement, par exemple il y a un bouquin que Dugontier m'a passé, il l'a piqué à sa mère, ça s'appelle « Le baiser sur le rivage ». Sur la couverture, on voit deux personnes qui s'embrassent dans une voiture framboise et il y a la plage évidemment ; dans un coin en bas, il y a une fille qui pleure et un chirurgien en train d'opérer. On se demande ce qu'il vient faire là, mais si on lit le livre, on le comprend parce que en fait, il est l'ancien fiancé de la fille qui est en train de se faire embrasser dans la voiture, et celle qui pleure, elle pleure parce que le type qui embrasse l'ancienne fiancée du chirurgien, c'est pas du tout un autre fiancé, c'est son frère. Alors la question est : pourquoi elle pleure parce que son frère embrasse une fille, ce qui est très normal ? Elle pleure parce qu'elle sait qu'elle va le ruiner comme elle a fait pour le chirurgien, et là où ça va se compliquer, c'est quand elle perd la vue et qu'il faut que ce soit le chirurgien qui opère parce que c'est un très bon spécialiste... Je passe les détails, et ça se termine assez bien, suivant le point de vue où l'on se place.

Dugontier a corné des pages pour les passages d'amour, mais en fait c'est le titre qui l'a influencé, c'est ce que je lui ai expliqué ; il a cru que « Le baiser sur le rivage », c'est pareil que « Baiser sur le rivage ». Il a fallu que je lui explique que ça n'avait rien à voir, enfin si, mais pas beaucoup finalement, alors il a fini le bouquin en espérant toujours qu'à un moment, ils allaient baiser sur le rivage, et là, déception, parce que jamais ça n'arrive... Il y a bien quelques moments où ils se serrent un peu leurs corps frémissants, mais rien de terrible et rien à voir avec Canal Plus... C'est le genre de bouquin qui plaît à certaines femmes parce que c'est sentimental, que les types sont du style sportif avec des costumes impeccables, sans un pli, etc., etc., et elles ont des robes serrées avec les bijoux qui vont avec, et les chaussures assorties et les brushings caramélisés ; mais évidemment, les habits, les belles bagnoles, les apparts avec terrasse sur la mer, Dugontier, il s'en tape, lui ce qui compte, c'est le radada (il appelle ça le « radada »). Si y a pas de radada, c'est pas un bon bouquin. Ça lui avait déjà fait ça avec « Des souris et des hommes ». Il l'avait pris à la bibliothèque de l'école, et personnellement, je me doutais bien que si ce bouquin était là, ça voulait dire que pour le radada, c'était râpé ; connaissant Brotteau (c'est elle qui choisit les livres, alors il y a six « Eugénie Grandet »), elle allait pas nous mettre dans la bibal de la classe un livre avec radada, donc il lit son bouquin et il revient, dégoûté, il balance le livre et il me dit : « C'est con comme histoire, c'est de vraies souris ! » Il avait cru que c'étaient des fausses, des dames un peu putes, eh bien pas du tout, il avait l'impression d'avoir été roulé. Je l'ai lu, j'aime assez quand il y a la bagarre, et que Lenny serre la main de l'autre et lui écrase les os. C'est brutal mais ça fait de l'effet, on se croirait au cinéma.

Mais de tous les bouquins que j'ai lus ces derniers temps, ça fait même des années que je le reprends, et j'en connais des passages par cœur, c'est « Dracula contre Frankenstein » ; je l'ai prêté à Yasmine et elle a pas aimé ; ça m'a marqué ça d'ailleurs, ça m'a montré qu'on n'avait pas les mêmes goûts, et c'est peut-être là que j'ai compris qu'il y avait comme une fissure dans notre couple. Elle a trouvé que ça empêchait de dormir et que ça manquait de fond. Je sais ce qu'elle veut dire par là, ce qu'elle aime, c'est « Le baiser sur le rivage » avec un con de chirurgien dans sa belle bagnole, et elle est opérée, et il la retrouve, et que je te passe des palots au clair de lune, avec des serments de trois pages, alors là elle s'imagine qu'il y a du fond, alors là elle est contente, elle croit que c'est la vie. Elle peut toujours cavaler après les chirurgiens, la Yasmine : à son âge, ça m'étonnerait qu'elle en trouve un comme sur la couverture, avec le bronzage et la Rolex. Tout ça pour dire qu'elle, c'est confiture et amour toujours. Elles se passent les bouquins avec sa copine qui les pique à sa mère, et elles peuvent en parler des heures : « Et c'est bien quand il la console si elle pleure parce que son fiancé est parti et qu'elle se laisse aller dans ses bras protecteurs... » Elle a plein de formules comme ça : « Et ses lèvres s'écrasent sous les siennes avec un gémissement », elle croit que c'est ça la littérature. Le résultat, c'est qu'elle se retrouve avec un veau comme Benamou. Comme bras protecteurs, on fait pas mieux, avec ça elle est parée pour l'hiver ; on sent qu'avec lui, la tendresse ça va pas lui manquer. Enfin, pas besoin de s'énerver, elle a pas encore trouvé le chemin du bonheur, c'est tout.

Dugontier, lui, il le connaît, le chemin du bonheur,

c'est rue Saint-Denis. Il m'y a emmené une fois : que des filles en short, la plupart énormes ; il pourrait rester des heures à les regarder. Il dit qu'une fois, il est monté avec une, mais c'est pas vrai, il est trop petit, on dirait qu'il a six ans, les filles se marrent quand elles le voient. Elles lui disent : « Tire-toi, morpion », et en fin de compte, c'est triste parce qu'il vient pour avoir des bisous, des sourires, des gentillesses, et l'autre qui arrive avec ses obus sur la poitrine comme un tank, et qui balance : « Tire-toi, morpion », alors on est partis. On ne faisait rien de mal, on regardait, c'est tout, on la gênait pas. Lui, il s'en fout, il s'est arrêté un peu plus loin, et il a recommencé à zieuter. Moi je suis rentré par le métro, ça m'a démoralisé cette bonne femme qui nous a foncé dessus. Elle devait faire dans les quatre-vingts kilos en plus, un poids lourd. Les types qui se la tapent, j'ai de la peine pour eux, ça doit pas être la sérénité. Elle doit leur retourner des torgnoles quand ils veulent de la douceur. « Vous avez pas un peu de douceur, s'il vous plaît ?

— Si, c'est cent balles de mieux.

— J'ai pas cent balles.

— Alors, tire-toi, morpion. »

Voilà l'amour. Rien à voir avec « Le baiser sur le rivage ». D'un côté, c'est bisous, cui-cui-cui et guili-guili, et de l'autre, c'est tarte dans la gueule et « Tire-toi, morpion ». C'est dur de s'y reconnaître. Personnellement, je verrai ça plus tard. Peut-être, et si j'ai le temps, parce que comme je l'ai déjà dit, je serai solitaire comme Stallone dans « Rambo ». Jamais de femmes, sinon il pourrait pas ramener les prisonniers du Vietnam, il serait embarrassé tout le temps, et « Quand est-ce que tu rentres ? », et « Pourquoi tu t'en vas encore ? », etc., etc. Je vois bien avec Félicien, pourtant il sort pas souvent, mais c'est plus fort qu'elle, il faut qu'elle lui demande. Par exemple, il est inscrit à un club de philatélistes, il y va le dimanche, c'est pas loin, eh bien elle pose des questions : « Où tu vas ?

— Je vais voir s'il y a des nouveautés... »

Elle a pas l'air de le croire et pourtant, c'est vrai ; il y a plein de timbres à la maison, il fait la collection : eh bien, on dirait que ça ne prouve rien. Faudrait qu'il revienne avec des timbres collés partout, avec des coups de tampon, alors là peut-être, et encore. C'est les femmes.

Hier, journée caleçon. Ça faisait huit jours que j'appréhendais. J'avais pas tort. J'aurais même dû, si j'avais su ce qui s'est passé, avoir encore plus le trac, et même me tirer en Alaska.

Donc j'avais plus de caleçon. Enfin, c'est ce qu'elle prétend parce que j'en ai toujours, ça s'envole pas, les caleçons ; quand on en a, on les garde pour la vie, mais disons qu'ils sont usés. Un surtout, celui qui a des rayures comme un matelas. Pas qu'il soit usé vraiment, c'est l'élastique qui ne serre plus, alors il descend. Surtout quand je marche vite. Vous me direz « T'as qu'à ralentir », mais c'est pas toujours possible, des fois on est pressé... Donc, si parfois vous voyez un type qui avance doucement, c'est peut-être qu'il a le calfouette qui glisse. Remarquez, j'ai toujours bien pris la chose, parce que ça peut pas tourner à la catastrophe puisque, de toute façon, il reste bloqué à l'entrejambe du pantalon ; même s'il descend jusqu'aux genoux, il y a encore de la marge. L'embêtant, c'est que ça gêne, mais on s'habitue.

Une fois, on était en classe avec Rosy la Culotte, et crac, elle m'appelle pour passer au tableau. L'interro de la mort. Le temps d'aller de ma place jusqu'à l'estrade, et je sens que ça dérape. À l'arrivée, il avait filoché à l'intérieur jusqu'au ras des fesses. Alors bien sûr, on se dit que ça se voit pas de l'extérieur, mais la tentation, c'est de le remonter parce que c'est gênant, on a l'impression qu'on va le perdre, mais faut résister à ça, parce que si on se tortille, les mecs qui vous regardent, ils pigent vite le truc parce qu'il y a des connaisseurs parmi eux. Faut bien dire que le calebar qui coule, je suis pas le seul à connaître, c'est pas une spécialité qui m'est réservée priorité absolue ; peut-être que dans la classe, on a tous le cul à l'air sous le jean, c'est possible ; alors faut rester immobile mais c'est dur, et pendant ce temps, la Rosy, elle y va sur le sulfate de cuivre, et « Qu'est-ce qui se passe avec l'acide chlorydrique et sulfurique ? » et « H_2 $S0_4$ et NaCl ? ». Et moi, avec l'idée que ça va ramper jusqu'aux chevilles, et que ça va sortir par le bas du pantalon : « Eh bien, Joseph, vous perdez votre caleçon ? », et toute la classe qui explose : rien que d'y penser, ça me fait ruisseler de sueur. J'ai beau me dire que c'est pas possible, que ça va bloquer comme je l'ai expliqué, mais quand même on ne sait jamais, ça peut se déchirer, et crac, par terre.

Donc j'en ai un qui glisse.

L'autre, le blanc, c'est un autre problème, il serre

bien mais il est mûr. C'est Félicienne qui le dit : « Ton caleçon est mûr. » Même l'hiver, il reste mûr. Comme un melon au marché. Ça veut dire deux choses. D'abord qu'il a des fils qui pendent, et j'ose pas tirer dessus parce que tout vient avec, et j'ai une bobine et plus de caleçon ; et la deuxième, c'est qu'il se fend facilement : si je fais un effort dans la cour, ça fait un bruit soyeux, et voilà une nouvelle fente. Au début, Félicienne le reprisait parce que je l'aimais bien, mais au bout d'une dizaine de fois, c'était plus la peine, j'avais des pièces partout.

J'en ai également un troisième, et celui-là alors, c'est un grand mystère de la nature, et j'ai jamais compris comment c'était possible, mais le fait est là : il remonte. C'est l'inverse du premier. Tu peux t'y prendre comme tu veux, le monter haut, le garder bas sous les hanches, le coincer avec le tee-shirt, te serrer la ceinture à mort pour le comprimer en dessous, rien à faire, un quart d'heure après, t'as les couilles à l'air. Ce doit être le tissu. J'ai expliqué ça à Félicienne, elle a examiné et elle a dit : « C'est pourtant de la belle qualité », comme si ça avait quelque chose à voir... Un jour, je vais me retrouver avec un calebar autour du cou, et elle fera admirer l'étoffe. Elle a qu'à m'acheter carrément un cache-nez.

Donc, on part acheter des caleçons. Trois exactement, pour remplacer les anciens. Ça a l'air de rien, on peut se dire : acheter trois caleçons, c'est pas la mer à boire, pourquoi est-ce qu'il raconte ça de long en large alors qu'on va chez le marchand, on demande trois caleçons, on paie, on s'en va, et terminé. Pas pour Félicienne. D'abord, avant la journée achat, elle a fait plusieurs repérages. Des magasins différents. Elle compare les prix, elle touche, elle soupèse, elle regarde si c'est du coton ou pas du coton, elle demande s'il y a des réductions, etc., etc. Ça, ça lui prend trois semaines. Elle fait pas que ça, mais trois semaines quand même. Au bout de trois semaines, elle dit : « C'est partout pareil. » Ça, c'est sa formule pour tout ; si elle veut acheter une cototte-minute, des godasses ou un rideau pour la douche, elle va partout, elle espionne tout, elle voit tous les détails et, quand elle revient : « C'est partout pareil. » Si c'est partout pareil pour une cocotte-minute, pourquoi ça le serait pas pour des caleçons ? Donc on va en général pas très loin de chez nous, parce que si c'est partout pareil, pourquoi est-ce qu'on irait faire trente kilomètres pour avoir la même saloperie qu'au coin de la rue ? Donc, on va au coin de la rue, chez madame Vachelin, et ça m'aurait étonné qu'on aille pas chez elle, parce que ça fait deux mille ans qu'on est clients. Chaussettes et caleçons. Elle nous connaît bien : « Oh, mais il grandit, Joseph, où est-ce qu'il va s'arrêter ? » C'est sa formule, ça. Félicienne, c'est : « C'est partout pareil », et elle c'est : « Où est-ce qu'il va s'arrêter ? » C'est vraiment pour se faire bien voir, parce que je me suis arrêté depuis longtemps, mais chaque fois que j'entre dans sa boutique, j'ai l'impression de faire trois mètres de haut, et je me baisse un peu, des fois que ma tête touche le plafond.

La mère Vachelin se frotte toujours les mains comme une mouche qui se frotte les pattes, et Félicienne dit : « C'est pour les caleçons. » Voilà, comme ça, on sait où on va, les choses sont claires, et il y a une chose qui lui effleure pas l'idée, c'est que moi, ce que je préfère de loin, de très loin même, c'est les slips. Pourquoi, je ne sais pas, mais je hais les caleçons, depuis toujours, je trouve que j'ai l'air con dedans. Il y a peut-être des gens qui ont pas l'air con mais ça m'étonnerait. Parce que en fait, ça n'avantage pas ; par exemple Tarzan en caleçon, ça marche pas, alors qu'en slip, il fait plutôt baraqué. Pourquoi ? Parce que le slip, c'est collant, ça moule, ça fait donc assez joli, tandis que le calfouette, ça coupe la ligne, on voit les guibolles qui sortent, et même chez les costauds, ça fait allumette, et plusieurs fois j'ai tenté de dire que je préférais les slips, mais alors là, même pas la peine de rêver, j'ai cru que j'avais mis le feu à la maison, parce que Félicienne a une idée très nette sur les slips. Elle dit : « Pas question, ça échauffe. »

Ça échauffe quoi ? C'est quand même pas le chauffage central. Quand j'insiste, elle va plus loin : « Ça échauffe et ça irrite. » Elle croit que quand on met des slips, on a l'entrejambe à cent degrés, l'élastique qui racle, qui comprime, avec la bite qui s'écrase, qui bout ; bref, si vous voulez faire de la purée de couilles, le steak tartare intégral, suffit de mettre un slip, pas compliqué. Vous vous retrouvez avec la fumée qui vous sort par la braguette et le bibolard en charpie, donc pas de miracle, j'ai trois nouveaux caleçons dans le tiroir.

Si j'avais le temps, je les décrirais en détail en essayant de pas vomir. C'est une idée pour Brotteau, ça : « Décrivez votre caleçon préféré. » Enfin, il y en a un qui a des sortes de chrysanthèmes partout. Je le garderai pour la Toussaint. C'est pas le pire. J'arrête pour ce soir parce que j'ai les maths à faire, l'anglais, les sciences nat, la géo et je reprendrai demain. En plus j'aime pas les dimanches soir. J'aime pas les dimanches soir parce que j'aime pas le lundi, c'est parce que de huit à dix on a Brotteau, d'entrée. Cueillis à froid. Je devrais pas m'en faire pourtant parce que je passe en cinquième, c'est sûr puisque je suis dans la moyenne ; s'ils me prennent pas moi, alors il y en a quinze qui restent sur le carreau dont Benamou. Pour lui, ça va être ric et rac. S'il passe, je vais encore les voir pendant un an Yasmine et lui, jusqu'au bac peut-être. Enfin, il y aura d'autres filles d'ici là, des mieux qu'elle peut-être comme à la télé, mais enfin pour l'instant c'est Yasmine. Je vais lui écrire mais j'ai la trouille que ça la fasse marrer et qu'elle montre la lettre à ses connes de copines, et surtout à Benamou ; alors là, je te dis pas l'apocalypse. Ça veut dire la fin du monde, quand tout s'écroule en tremblement de terre, et le volcan, c'est Benamou.

En plus je lui ai déjà écrit à Yasmine pendant les vacances, je lui avais même recopié un poème de Musset en disant que c'était de moi. J'avais juste changé deux ou trois petits mots pour que ça colle. Par exemple à un moment, Musset, il dit « les yeux bleus » ; ça, ça n'allait pas du tout, alors j'ai mis « les yeux noirs », parce que pour ce qui est des yeux bleus, Yasmine, c'est à côté de la plaque, elle a des mirettes comme une nuit brillante, c'est foncé même quand elle rit.

Elle m'a rien dit au sujet du poème, pourtant Musset c'est bien ; mémé a tout Musset, elle a reçu les bouquins quand elle a gagné un concours de margarine. Faut répondre à des questions à la con. Ils demandent : quel est le roi qui vient après Louis XIII ? Tu marques Louis XIV et tu reçois tout Musset. Elle a gagné six torchons une fois à un concours d'une machine spéciale pour carottes râpées. La question c'était de trouver les sources de la Seine, et vous savez ce qu'elle met ? Le Puy de Sancy. Elle avait confondu avec la Loire. Elle perd la mémoire, et en plus, elle avait pas ses lunettes, donc le Puy de Sancy. N'importe quoi. Et vous savez le plus beau ? Elle a gagné quand même. Six torchons avec une lettre. Bravo madame Tercelet. Elle s'appelle Tercelet. Vous avez bien répondu à nos questions, madame Tercelet, voilà vos torchons, etc., etc. Tout ça prouve bien qu'ils ne lisent même pas les réponses. Ou alors ils s'en foutent parce que évidemment, elle a quand même acheté son engin pour râper les carottes, et à mon avis, il y a de l'arnaque là-dessous, c'est pour appâter les clients. Parce que les chiffons, c'était pas terrible, paraît-il, bien que je ne sois pas spécialiste, ils étaient mouillés tout de suite.

En tout cas elle m'a pas parlé de ma lettre ; je parle de Yasmine. D'une certaine façon, ça me gêne pas, même ça m'arrange : ça fait comme un secret entre nous. Je sais qu'elle l'a lue puisque c'est moi qui l'ai écrite, elle sait que je l'ai écrite puisqu'elle l'a lue, mais motus et bouche cousue : ça nous fait un lien. De savoir ça, ça me remonte le moral. Il me faut pas grand-chose. Il y a même un truc idiot qui me fait plaisir, c'est que je me dis que j'ai du pot de vivre en même temps qu'elle, parce que ça n'a l'air de rien, mais c'est le genre de truc auquel on ne réfléchit pas assez : j'aurais pu naître à une époque où elle n'existait pas encore, et alors là : râpé. Ça me fait froid dans le dos. Ou inversement, elle est morte depuis déjà vingt ans, et moi je me pointe sur la terre.

Finalement, quand on creuse la question, on se dit qu'on manque plein d'histoires d'amour avec des filles qui sont déjà mortes, ou qui sont pas encore nées. Peut-être que la fille qui était complètement pour moi, une sorte de super-Yasmine, elle naîtra dans l'an 3000, et moi à cette époque-là, j'aurai même pas laissé un souvenir, à moins que je devienne quelqu'un d'important, une sorte de génie de la pensée humaine, mais ça me semble mal parti, comme dirait Brotteau.

En tout cas pour l'instant, c'est Yasmine. Ce qui est con par contre, c'est que Benamou soit pas né lui en l'an 3000, disons même 4000 pour avoir une marge de sécurité. L'idéal serait qu'il ait vécu au Moyen Age, qu'il en ait bavé avec les impôts, les seigneurs, la peste, les lépreux, la famine, et qu'on en parle plus depuis pas mal de siècles. Manque de pot, il est né la même année que moi. Et pour arranger les choses, il habite dans ma rue. Alors on voit ce que c'est que la vie : d'un côté, c'est très bien de vivre en même temps que Yasmine, et de l'autre c'est la plaie de se fader Benamou. De toute façon, c'est comme ça.

En tout cas, ce qui est sûr, c'est qu'elle a pas dit à Benamou que je lui écrivais, sans ça il m'aurait déjà accroché au portemanteau. L'année dernière en CM 2, il l'a fait deux fois. Comme il aime faire son futé, il dit : « Tiens, Joseph, je suis sympa avec toi, je vais accrocher ton anorak au portemanteau. »

Alors il accroche et il fait semblant de pas s'apercevoir que je suis resté dedans. Tous les autres cons se marrent évidemment, et il revient : « Tiens, Joseph qu'est resté dans son anorak ! Excuse-moi, mon pote, je t'avais pas vu. »

C'est vrai que j'avais un gros anorak en ce temps-là. Félicienne me l'avait pris matelassé pour résister au froid. Ça, pour résister au froid, pas de problème, il résistait, il pouvait même résister à une attaque de bombardiers. Il pouvait faire moins trente dehors, ça me gênait pas, je ruisselais à l'intérieur. J'avais de la fumée qui me sortait par les oreilles. On pouvait pas le plier tellement il était raide. La mère Vachelin – où est-ce qu'on aurait pu trouver ailleurs ! – avait prévenu : c'est très bien pour le ski.

J'avais dit : « Je vais pas au ski. »

Félicienne avait ajouté : « On ira peut-être, et de toute façon, à Paris aussi y a de la neige.

— Moins qu'à Val-d'Isère. »

Ça lui avait pas plu comme remarque. J'avais senti qu'elle s'énervait, mais j'avais quand même tenté de résister en demandant s'il n'y avait pas le même dans d'autres couleurs. Elle avait dit : « Réfléchis un peu : comment tu veux en avoir d'autres alors que tu les as déjà toutes ?... »

C'était vrai. J'ai oublié de le dire mais il était à carreaux, à gros carreaux comme un damier ; ce qui m'a étonné d'ailleurs, c'est qu'il n'y en ait pas une des deux pour me dire : « Et puis avec lui, tu peux jouer aux échecs facilement. » Enfin, le fait qu'il soit à carreaux déjà, c'était pas terrible, mais le pire c'est que chaque carreau était de couleur différente, et c'est vrai qu'il avait un avantage, c'est que je ne risquais pas de me perdre ; à cinq cents kilomètres de distance, on pouvait me repérer les doigts dans le nez, même avec des lunettes noires. Et en plus, Félicienne me l'a pris avantageux, parce qu'il y a tout de même bien un jour où j'allais me mettre à grandir. Donc, trois tailles au-dessus. Même Mel Gibson aurait eu l'air con là-dedans.

Alors évidemment, vous pouvez toujours rêver et dire : tu as quand même bien la tête, les mains et les pieds qui sortent... Eh bien, justement, là est l'erreur. Ça ne sort pas. En quittant la boutique, il y avait des mémés qui se sont retournées parce qu'elles avaient jamais vu un anorak avancer tout seul. Ça continue.

Difficile de séduire dans ces cas-là. Trois ans que tous les hivers, je vis dans une grille de mots croisés en couleurs. Vous savez ce que dit Félicienne quand elle range ce nom de dieu d'anorak dans l'armoire à la fin de chaque hiver ? Elle tâte, elle sourit et elle dit : « Inusable. » Parfois, je me dis que je le porterai toute ma vie. En supposant que je meure à quatre-vingt-dix ans, ça me fait plus que soixante-dix-huit hivers à le mettre. De la rigolade ! Si j'enlève une année de service militaire, ça fait soixante-dix-sept. Je me demande pourquoi je me plains.

LETTRE

Chère maman,

Je te souhaite une bonne fête des mères comme tous les ans à la même époque. Je trouve que c'est un peu idiot de t'écrire une lettre puisqu'on se voit tous les jours et que je pourrais te le dire de vive voix, mais ça c'est les idées à la mère Brotteau, alors Bonne Fête.

À ce propos, il faut que je te dise que les temps sont durs, et plutôt que de les acheter, je pensais te dessiner des fleurs, mais je n'arrive jamais à les faire à cause des pétales, des sépales, des étamines, c'est vraiment compliqué, alors comme tu peux le voir, je t'ai fait un gangster.

La mère Brotteau a dit qu'on devait remercier notre mère de prendre soin de nous tous les jours, alors merci, mais en ce qui concerne les vitamines, c'est pas la peine, je vais très bien et il ne faut pas trop en prendre parce que parfois, je crois que je vais exploser. Donc, si tu pouvais arrêter de temps en temps, ce serait parfait, chère maman.

Elle a dit aussi qu'il fallait faire une promesse à sa mère, mais je me demande bien ce que je pourrais te promettre. Ranger ma chambre par exemple, c'est quand même pas très important, c'est pas parce qu'il y a des affaires qui traînent partout que ça va empêcher la terre de tourner ; tant qu'il n'y en a pas sur le lit et que je peux dormir, ça va. Il y a aussi le fait que je regarde beaucoup la télé, du moins c'est ce que tu crois parce que tu penses que pendant ce temps-là, je ne fais pas mes devoirs. Alors là, double erreur. D'abord, je peux les faire tout en regardant, ça me gêne pas du tout ; tu crois toujours qu'on peut pas faire deux choses à la fois, moi si, et même parfois il y a une bonne note à l'arrivée.

Deuxième partie de l'erreur, la télé c'est instructif, il y a des choses qu'on apprend. Par exemple, l'autre jour l'émission sur les transsexuels, ça avait l'air intéressant, et pourquoi alors tu as zappé tout de suite ? Enfin, je crois que ce que je peux te promettre, c'est de me laver plus souvent le matin. En fait, c'est pas par saleté personnelle que je me lave pas, c'est parce que je traîne au lit, et alors j'ai pas assez de temps, parce que c'est ou être propre ou être en retard, donc y a pas à hésiter. Et alors, la question se pose : pourquoi est-ce que je traîne au lit ? Par paresse ? Non. Parce que je suis crevé, et si je suis crevé, c'est parce qu'on a trop de travail, alors je veux bien me débarbouiller plus souvent, mais alors mollo sur les rédacs, les problèmes, etc., etc.

Comme tu le vois, tout se tient.

Et puis alors, il y a l'éternelle histoire : la promesse d'être plus sage. Alors là, je dis : qu'est-ce que ça veut dire exactement être sage ? Faudrait d'abord qu'on s'entende là-dessus, parce que par exemple, quand on est collé parce que soi-disant on bavarde en classe ou qu'on se passe des mots en douce, ou qu'on copie sur le voisin, ou des trucs comme ça, il faut pas conclure trop vite, parce que tout de même, il y a l'injustice, et c'est pas toujours les mêmes qui ont tort, parce que ce serait trop facile, sous le prétexte qu'on est plus petit. En tout cas, cela ne m'empêche pas de te souhaiter une bonne fête des mères.

À ce sujet d'ailleurs, ce que j'ai remarqué, c'est qu'il y a la fête des mères, la fête des pères, mais la fête des fils, ça on en parle pas souvent ; alors si tout à l'heure, je parlais d'injustice, tu comprends un peu mieux ce que je veux dire.

Je vais arrêter ma lettre parce que ça commence à faire long, et j'ai énormément de travail ces temps-ci, parce que pour rien te cacher, j'écris une pièce de théâtre. Très gros travail.

Alors je veux quand même te dire que je suis content presque tout le temps que ce soit toi ma mère, et par exemple pas la mère à Meringaud : celle-là alors, j'aurais pas supporté, toujours à fourrer son nez partout, mais même les autres, j'aurais pas aimé, quoique je me dise parfois qu'on doit bien s'habituer à la longue, mais enfin, et c'est pas pour me faire bien voir, mais c'est toi la mieux, même physiquement. Voilà, et je termine comme j'ai commencé, en te souhaitant ta fête.

JOSEPH

P.-S. Si tu veux, je t'appellerai plus Félicienne parce, peut-être, ça ne te plaît pas, et ce n'est plus à la mode comme prénom, et comme ça peut te lasser d'entendre toujours Félicienne, Félicienne, je peux m'arrêter, et je peux continuer à dire maman, c'est comme tu veux.

LETTRE

Mon cher Edmond,

Je viens te féliciter pour « L'Aiglon », c'est vraiment bien, et il y a des passages super, surtout quand Flambeau fait croire à Metternich que Napoléon est toujours là ; ça, c'est parfait parce que ça m'a donné le frisson, les vers sont très beaux, et ça fout presque la trouille, mais quand même il y a une chose qu'on peut te reprocher : pourquoi est-ce qu'il meurt encore à la fin ? À chaque fois c'est pareil, on dirait que tu ne peux pas t'en empêcher. Déjà, dans « Cyrano », c'était pénible, mais alors là ça devient une manie. Un jour, j'espère que tu feras une pièce où ils restent vivants, ça changerait un peu ; ça, c'est l'immense critique qu'on peut faire. Alors évidemment, tu peux dire : c'est pas de ma faute, le fils à Napoléon est mort pour de vrai puisqu'il a chopé la tuberculose, alors moi je dis « Arrêtez tout », et je pose simplement la question : et alors ?

Je précise : et alors, qu'est-ce que ça peut faire ? Personnellement, je trouve que ce serait bien mieux, et les gens seraient plus contents si tu changeais la fin, et j'explique pourquoi : ils ont lu des bouquins d'histoire, alors ils croient que ça va finir mal puisqu'ils se disent : bon, ben l'Aiglon, il tousse, il est tout blanc, et c'est pas le suspense il va caner. Alors ils écoutent pas très bien puisque c'est pas la peine ; eh bien là justement, c'est le contraire de ce qu'ils croient qui arrive. Tout d'un coup, il est plus malade, il se relève, ça va mieux, et là il y a un truc à inventer. Il fait par exemple croire qu'il est mort pour pas être poursuivi par les Autrichiens, et il passe la frontière avec sa copine, et ce qui lui arrive après, on s'en fout parce que la pièce est finie, et les gens demandent une suite, tandis que s'il est mort, c'est fini-fini, l'histoire est terminée complètement.

Alors tu vas dire : oui, mais dans la réalité, il est mort, et moi j'arrive et je dis : on s'en tape complet, c'est du théâtre, alors on peut même écrire une pièce où l'Aiglon revient en France et devient roi. Suffit de supposer, c'est tout : alors là, tu racontes l'histoire de Napoléon II, et tant pis si c'est pas la vérité. Personnellement, si j'avais le temps, je l'écrirais. C'est comme Flambeau, c'était absolument pas nécessaire qu'il meure, il pouvait s'échapper facilement ; alors on fait comme s'il s'était échappé, et quand Napoléon II est sur le trône, il revient, il est nommé ministre et il fait beaucoup de bien à la France. Après, il peut y avoir une histoire de mariage parce que Napoléon II, il va pas rester tout seul sur son trône, il faut une reine, alors il rencontre une fille noble, et ils ont une histoire, un peu comme dans « Sissi Impératrice » mais en moins con, je suis sûr que ça marcherait comme pièce, parce que les gens aiment bien quand ça finit bien, ça ferait un succès incroyable, et il y aurait un film, seulement maintenant c'est trop tard puisque tu l'as fait mourir. Manque de réflexion.

Et puis, j'ai aussi un autre reproche à faire, c'est que ça ne bouge pas beaucoup ; ils sont toujours debout et ils parlent, alors que dans « Cyrano », il se passait plein de trucs : il grimpe au balcon, il y a un duel, la bataille avec les Espagnols, ça n'arrête pas de bouger une seconde, tandis que là, c'est blablabla-blablabla, mais personnellement, j'aime bien parce que les vers sont très beaux, mais ça cause, ça cause. Je donne un exemple : comme je le disais plus haut, dans « Cyrano » il y a un duel, on le voit, ils ont des épées, ils s'escriment et même Cyrano, il fait des vers en même temps, ce qui est très difficile, mais enfin bon il y arrive ; tandis que dans « L'Aiglon », il y a un duel aussi, mais il est raconté, on le voit pas, alors ça ne fait pas d'effet, et c'est une grosse erreur.

Suppose que Cyrano, au lieu de se battre, il arrive sur scène et dise : « Oui alors, on a sorti nos épées, et je lui ai fait des feintes, et j'ai gagné en lui perçant le bras. » Eh bien, même s'il le dit très bien en vers, c'est pas terrible, et là, on peut dire tout ce qu'on veut, mais c'est loupé parce que tu aurais dû montrer. Enfin, on ne peut pas tout réussir.

Il me reste d'ailleurs à lire d'autres pièces de toi, et en particulier « Chanteclerc », mais j'avoue que je suis pas chaud, parce que les histoires de poules, ça me laisse froid. Il y en a plein chez ma mémé, et rien que de les voir patauger dans la gadoue, ça ne m'intéresse pas beaucoup, mais rassure-toi, je le lirai quand même.

C'est mes parents qui m'ont offert ce bouquin pour

mon anniversaire ; c'était la semaine dernière : « Théâtre complet d'Edmond Rostand ». Il y a ta photo sur la première page. Belles moustaches. Enfin, de toute façon, je tenais à t'écrire pour te remercier parce que « Cyrano », c'est une histoire que je lis depuis tout petit, j'ai même appris à lire dedans ça fait des années, je le connais par cœur, et ça me plaît toujours toujours, sauf la fin, mais ça on en a déjà parlé. En tout cas, je te récrirai peut-être après la lecture de « Chanteclerc » si ça m'a plu, mais je ne suis vraiment pas fort sur la volaille.

Voilà ce que je voulais te signaler concernant « L'Aiglon », qui est une très belle pièce, et je te prie de recevoir, mon cher Edmond, l'expression de ma considération la plus distinguée.

Un admirateur.

JOSEPH

LETTRE

Cher gros con de Benamou,

Ça fait longtemps que j'ai envie de t'écrire pour te dire ce que je pense de ta tête de cafard mou, et aujourd'hui, je réalise mon rêve, gros con.

Je t'écris en effet aujourd'hui parce que t'as fait un peu trop ton malin au foot, cet aprèm, et ça a dû quand même te surprendre quand tu as pris mon poing sur la gueule. Je revois encore ta tête quand je t'ai relevé avec deux manchettes, et le coup au foie tu n'es pas près de l'oublier, j'ai pu m'en apercevoir, et tous les autres aussi ; le pire, c'est quand tu t'es traîné dans l'herbe en suppliant, et ce que j'ai remarqué, c'est surtout le fait que les filles se marraient en te voyant, et ça, tu n'as pas aimé du tout, surtout quand tu as vu laquelle rigolait le plus fort. Pas besoin de dire le nom...

Ce que t'as pas aimé non plus, vieux con, c'est quand tout le monde s'est mis à applaudir et à crier : « Joseph ! Joseph ! Joseph ! » ; là, ça allait trop vite pour toi les crochets et les uppercuts, et tu pouvais toujours crier « Pardon, pardon », il n'y avait plus de pitié. Parce que tu pouvais pas savoir que depuis dix ans que tu viens rouler ta caisse, à faire le malabar avec les plus faibles et à montrer tes biscottos à tout le monde, moi je m'entraînais en douce dans ma cave avec des blocs de ciment comme Bruce Lee... Alors ça se voit pas que j'ai des muscles, j'ai l'air d'un mec comme les autres, mais quand tu m'as trop mis la pression, là c'est parti tout seul de manière foudroyante, et t'as rien vu venir, seulement la douleur complètement insupportable ; et il y a un truc que je peux te dire dans ton oreille de con entièrement sanglante, c'est que tu as du pot que ton copain Benamar m'ait demandé d'arrêter, parce que sinon, je te finissais à la semelle, jusqu'à l'éclatement de la rate, et quand il a essayé de me maîtriser en traître par-derrière, le Benamar, il en est pas revenu du coup de Mel Gibson, le coude à la retourne et crac, la prise paralysante de karaté ; il se roulait en pleurant de souffrance incroyable, et là t'as voulu me frapper en douce comme les lâches, et moi j'esquive, double pirouette, et je reviens, pif-paf, le coup du kung-fu : le pif ensanglanté de Benamou, K-O complet, et c'est là que tous les mecs se mettent à danser de joie, et que la Yasmine s'est précipitée, plein d'admiration dans ses yeux comme la nuit étoilée, et qu'elle a dit devant tout le monde : « J'en ai marre, il est trop con, c'est toi qu'il me faut parce que tu es complètement différent et nettement mieux, je suis ta fiancée » ; et alors, tu sais ce que j'ai dit moi, gros con ? Je te le signale parce que t'entendais même plus rien, tellement t'étais sonné. Eh bien je l'ai regardée avec un fin sourire, et au lieu de l'embrasser comme toi avec ta bouche pourrie et de la pétrir avec tes pattes de con d'étrangleur, je l'ai prise par les épaules et j'ai simplement articulé : « Peut-être. »

Simplement « Peut-être ».

Là, les types autour ont recommencé à applaudir parce qu'ils ont compris que je venais de triompher de l'amour.

Quand elle a commencé à pleurer en me mouillant l'épaule, j'ai quand même fait preuve de générosité, et là on a eu un dialogue magnifique.

— Peut-être, ça ne veut pas dire non, dis-je.

Elle a levé ses yeux trempés vers moi.

— Alors, ça veut dire oui ? demande-t-elle-.

Je me sentais dur comme de l'acier en cet instant crucial.

— Ça ne veut pas dire oui, non plus, rétorqué-je.

— Alors, qu'est-ce que ça veut dire exactement ? s'interroge-t-elle.

— Peut-être, c'est peut-être, assené-je.

Je la sentais trembler contre ma poitrine.

— Y a-t-il tout de même quelque espoir que je devienne ta fiancée ? quémande-t-elle.

— On verra ça, conclus-je.

C'est à cet instant que ses lèvres cherchent les miennes assez bestialement, et du coin de l'œil, je t'aperçois en train de ramasser une branche d'arbre pour m'assommer. Je lâche même pas la fille, je te chope par les ouïes, et crac, bang, le menton contre mon genou : défiguré à vie. Le héros et l'héroïne s'embrassent tandis que tu gémis, vaincu à tout jamais. Un nouveau monde commence.

Voilà, gros con de Benamou, ce que je voulais t'écrire pour pas que tu oublies ce qui est arrivé cet après-midi sur le terrain de foot. J'espère que cette fois, tu as compris la leçon, et si c'est pas le cas, tu n'as qu'à demander Joseph, et on recommence où tu veux quand tu veux. Je le sollicite même, tellement ça fait du bien.

En plus, je te signale que je serai pas à l'école lundi prochain, parce que je pars aux Bahamas avec ton ancienne fiancée. C'est pas que ça me fasse marrer, mais elle y tient. Alors, c'est sûr que ça va mal pour toi, mais dis-toi que tu as vraiment du pot que je sois de bonne humeur parce que ça pouvait être pire.

Allez, salut gros con, et t'inquiète pas, on s'habitue très bien à avoir un dentier.

Joseph le vainqueur

P.-S. Si tu me crois assez con pour t'envoyer cette lettre, c'est que tu es encore plus con que je l'ai cru. En fait, j'aime bien écrire à des gens qui sont morts ou qui n'existent pas, c'est pas ton cas, et c'est dommage, mais ça me fait du bien à l'adrénaline d'écrire, ça me défoule, parce que 17 à 1, cet après-midi, ça fait beaucoup et ça m'a énervé ; donc voilà, tu as ma lettre en pleine poire.

P.-S. numéro 2. Si tu veux le savoir, je ne m'entraîne pas comme je l'ai dit avec des blocs de ciment, mais figure-toi que j'ai un appareil à faire les muscles. C'est comme un bout de bois qui coulisse, on tire dessus ou on pousse, alors ça se rétrécit ou ça s'allonge, mais c'est très dur, c'est comme si on appuyait sur une bûche, ça s'appelle « Musculo », et c'est ma mémé qui l'a gagné dans un concours pour les yaourts au goût bulgare, et comme ça lui servait pas beaucoup, elle me l'a donné. Avant, elle calait la porte du poulailler avec, mais moi je m'exerce et c'est pas dit qu'un jour, je te rattrape pas, gros con, et alors là, exactement comme dans la lettre. La dérouillée du siècle, et vive Joseph !

P.-S. numéro 3. En ce qui concerne la fille, je te donne un conseil, du con : t'attache pas trop parce que, quand il va falloir lâcher, ça va être dur, et comme en plus tu auras la tronche comme du pâté de foie, le problème, ça sera de t'en trouver une autre, et ça m'étonnerait que ça t'arrive, ou alors une d'occasion qui aura déjà pas mal roulé. La grande Pizaborgho de 4e B par exemple avec sa tête de tartine au pétrole. Faudra pas avoir d'enfants, parce que là, attention les yeux, voilà le Benamou Park ; remarque, tu pourras gagner ta vie en faisant payer la visite de la nursery. Salut, gros con.

RÉDACTION

Racontez un événement heureux survenu dans votre vie.

D'abord et d'une, une question se pose : qu'est-ce que le bonheur ? Alors ça, ce serait très long à expliquer, et peut-être même on n'y arriverait pas ; mais on peut quand même dire une chose, c'est que le bonheur, c'est quand on est content. On peut même dire très content : on rit, on est joyeux.

Alors quand est-ce que j'ai été joyeux ? Eh bien je répondrai : souvent. Heureusement, parce que si on n'est pas joyeux souvent dans la vie, on peut se suicider tout de suite, parce que c'est vraiment pas la peine de continuer si c'est pour se traîner tout le temps, avec grande tristesse, mais il y a des gens comme ça : par exemple dans la campagne où je passe mes vacances avec ma grand-mère, il y a une dame, mademoiselle Bréchu, mais n'allez pas croire que c'est une jeune parce que c'est une demoiselle, elle a bien quatre-vingts ans. Donc cette femme arrive tous les jours chez ma grand-mère, parce qu'elles sont copines, elle s'assoit toujours au même endroit sur une chaise de la cuisine, et elle dit : « Tu sais qui vient de mourir ? » Tout le temps comme ça, il n'y a que la mort qui l'intéresse, et elle dit ça avec désespoir, parce qu'elle connaît tout le monde dans le village.

Parfois ça change parce qu'il n'y a pas quand même un mort tous les jours : comme c'est pas grand, il n'y aurait plus personne depuis longtemps. Donc, elle s'installe, elle soupire et on sent que ça va pas fort, et on se trompe pas parce qu'elle dit : « Tu sais qui vient de partir à l'hôpital ? » Et y a qu'à voir son air à ce moment-là pour comprendre que la personne qui est partie, eh bien c'est pas demain qu'elle va revenir, et même elle reviendra jamais. D'ailleurs, pour qu'il n'y ait pas d'erreur, elle rajoute : « Il va falloir l'opérer. » Comme ça, on sait qu'il ne faut pas rigoler si, par hasard, vous en aviez eu envie. Et dans la conversation elle précise : « C'est grave », et elle hoche la tête, et dans la façon qu'elle a de hocher la tête, on comprend que c'est foutu, et que dans quelques jours, elle va arriver et elle va dire : « Tu sais qui vient de mourir ? » Alors ma grand-mère va dire « Non », et la Bréchu va expliquer : « Celle qui était partie à l'hôpital et qui a été opérée. » Alors, avec mémé, elles racontent la vie de la personne morte, et ça donne à peu près :

Mémé : C'est en quelle année qu'elle a perdu son mari ?

Bréchu : C'est en 75, l'année où Edouard est mort.

Mémé : C'est pas en 80 ?

Bréchu : Non, en 80, c'était Marcel.

Etc., etc. Elle ne se trompe jamais sur ces questions-là ; elle ne sait pas très bien la date de la prise de la Bastille, mais la mort de Marcel, alors ça, aucune erreur.

Et à la fin, quand elle s'en va, au bout d'une heure ou deux, elle pousse un gémissement et elle dit : « C'est pas tout ça, mais faut que je m'en va au cimetière. » On aura remarqué la faute de français. En fait, elle aime ça, elle va sur la tombe de ses défunts comme elle dit, et elle jardine, elle plante des fleurs, elle enlève l'herbe, du bricolage. Finalement, je crois qu'elle sera contente de mourir parce que, certaines fois, elle se plaint des reins, de l'estomac, de n'importe quoi, et elle dit : « Je sens que je vais bientôt les retrouver. » Elle veut évidemment parler de ses disparus ; ma grand-mère lui dit : « Mais non, Henriette, ça fait trente ans que tu répètes la même chose, et t'es toujours là. » Réponse : « Plus pour longtemps. » D'ailleurs, pour bien prouver qu'elle n'y connaît rien, il n'y a qu'à l'entendre ; quand elle dit « On va l'opérer, c'est grave », on peut quand même penser que les types, ils vont pas s'amuser à opérer si c'est pas grave. « On va vous opérer, vous n'avez rien du tout, mais ça nous fait plaisir, comme ça on s'exerce un peu... »

C'est pour montrer qu'elle dit vraiment n'importe quoi.

Donc, voilà une femme qui ne connaît pas le goût très sucré du bonheur. Quoique finalement, si on la regarde bien, elle est pas si malheureuse que ça, parce que quand elle dit : « Y a Robert qu'est mort », on sent que, je ne sais pas pourquoi, elle est quand même assez gaie, et à mon avis, il y a deux raisons. La première, c'est qu'elle fait collection de morts ; il y en a, c'est les cartes postales ou les timbres, elle, c'est les cadavres. Alors, chaque fois qu'il y en a un qui disparaît, ça lui en fait un de plus. Peut-être qu'elle a même un album avec des photos...

La deuxième raison, c'est qu'elle se dit : c'est Robert, donc c'est pas moi. Ça la soulage, elle pense que c'est pas encore son tour. Toujours vivante, Henriette Bréchu, avec un peu de pot elle va rester la dernière, comme ça elle pourra s'occuper de toutes les tombes du cimetière, et d'une certaine façon, elle aura gagné.

C'est pas de la méchanceté, c'est qu'elle est comme ça. Alors, en conclusion, puisqu'il faut faire trois parties : une introduction, un développement et une conclusion, je dirais qu'il y a des gens qui ne s'intéressent qu'aux choses tristes de la vie, et ceux-là ils ne sont pas heureux. En ce qui me concerne, c'est pas du tout la même chose, mais ça dépend quand même des moments, joie et malheur se mélangent et tout ça, ça forme l'existence.

PUNITION

Je dois lire le sujet de ma rédaction avant de l'écrire.

Tu dois lire le sujet de ta rédaction avant de l'écrire.

Il doit lire le sujet de sa rédaction avant de l'écrire.

Nous devons lire le sujet de notre rédaction avant de l'écrire.

Vous devez lire le sujet de votre rédaction avant de l'écrire.

Ils doivent lire le sujet de leur rédaction avant de l'écrire.

Je dois lire le sujet de ma rédaction avant de l'écrire.

Tu dois lire le sujet de ta rédaction avant de l'écrire.

Il doit lire le sujet de sa rédaction avant de l'écrire.

Nous devons lire le sujet de notre rédaction avant de l'écrire.

Vous devez lire le sujet de votre rédaction avant de l'écrire.

Ils doivent lire le sujet de leur rédaction avant de l'écrire.

Je dois lire le sujet de ma rédaction avant de l'écrire.

Tu dois lire le sujet de ta rédaction avant de l'écrire.

Il doit lire le sujet de sa rédaction avant de l'écrire.

Nous devons lire le sujet de notre rédaction avant de l'écrire...

LETTRE

Madame la surveillante générale,

Je vous écris la lettre d'excuses que vous nous avez demandée, et je vous donne par la même occasion les explications sur mon comportement, ce qui me permet de raconter l'exacte vérité, et j'espère que vous allez me croire, parce que en général, il faut bien le reconnaître, on croit jamais les élèves.

C'est vrai que souvent, là-dessus, je suis d'accord avec vous, il y en a qui disent « C'est pas moi », et pourtant c'est bien lui. Ça, d'accord ça arrive, mais à partir de là on généralise, et c'est là qu'on commet une erreur : on pense que puisque c'est un élève, il raconte des histoires. Après, ça se tasse avec l'âge, et un type de terminale, alors lui, il n'a plus à s'en faire, s'il dit « j'ai mal au ventre, je rentre chez moi », alors là, pas de problème on lui ouvre la porte, et comment donc, mais je vous en prie, passez devant, je n'en ferai rien, etc., etc. Alors que moi, si j'ai mal au ventre, je me retrouve collé trois samedis de suite, et pourtant on peut avoir vraiment mal au ventre, c'est pas interdit, et en plus on ne peut pas faire autrement, alors je ne vois pas où est le crime. Mais arrivons dans le vif du sujet.

Il est faux qu'on a tenté de noyer Balatin. C'est vrai qu'on lui tenait la tête sous l'eau, mais ça n'a rien à voir avec la noyade, et là à mon avis et si j'ose le dire, vous avez eu tort de pousser des cris parce qu'on est pas des assassins et qu'on se serait arrêtés avant qu'il meure. On n'est pas des tortureux et on veut pas finir aux assises. Et en plus, mais ça vous ne pouviez pas le savoir, Balatin est innoyable. Il y en a qui ont essayé (pas nous) : ils ont jamais pu y arriver. Et en plus, ce qu'il faut savoir également, c'est qu'il aime ça. Pour vous dire exactement comment ça se passe et que vous puissiez juger, il y a même des jours où on le chronomètre pour savoir combien de temps il peut rester la tête dans l'eau, eh bien ça peut aller jusqu'à une minute ; après, il respire fort et il devient rouge et il faut le secouer. Tout ça, ça vient du fait qu'il a vu « Le Grand Bleu » et qu'il voudrait être plongeur pour battre les records comme dans le film, et comme il y a pas la mer, on se sert des lavabos.

Alors je comprends très bien que vous ayez cru qu'on était des noyeurs, mais pas du tout. Et en plus, et ça c'est le plus important, Balatin est d'accord. Il aime beaucoup ça, c'est lui qui demande qu'on lui tienne la tête sous l'eau, donc puisque vous ne voulez plus qu'on le fasse, on le fera plus, de ce côté-là il n'y a pas de problème, vous pouvez compter sur nous ; mais ce qui est sûr, c'est que ça va le priver d'un plaisir, mais enfin tant pis, c'est vous qui décidez.

Je profite de cette lettre d'excuses pour vous signaler une chose que vous n'avez pas dû remarquer, c'est que dans la cour, ce sont toujours les mêmes qui jouent au ping-pong. Personnellement ça m'est égal, parce que j'ai horreur de ça, les histoires de raquettes, ça ne m'intéresse pas du tout, mais je trouve ça injuste ; c'est les plus costauds qui jouent sans arrêt, et les autres maigrichons qui attendent..., alors il faudrait faire quelque chose parce que c'est plus important que de punir les gens parce qu'ils rendent service à l'un d'eux en le chronométrant. Voilà.

Je vous prie d'agréer, madame la surveillante, l'expression de ma considération distinguée, et de tous mes regrets concernant cette regrettable affaire dans laquelle je suis, ainsi que mes camarades, totalement innocent, comme vous le savez à présent, ce qui fait que vous pouvez retirer nos punitions puisque, sans cela, l'injustice régnerait dans l'école, comme bien souvent dans le monde.

Signé : JOSEPH

LETTRE

Señorita Dolores,

Estoy muy contento, Señorita Dolores, de recibir su fotographia.

Usted esta muy hermosa. Bien superior à mia correspondante inglesa que tiene lunettas y grande nasale y parece a una beleta. Elle vuele venir en Paris. Yo digo No. Y no viene.

Cuando vienes tu ? Si tu vienes, vamos al ciné, al restorante, le montraré la torre Eiffel, el arco de triunfo, el museo del Louvre que es muy fatigante pero muy hermoso. Yo no tiene fotografia de mi per el momento. Soy de sexe masculino, un poco grande con musculos porque pratico el footbol.

Estoy un poco hermoso, no tiene lunetas, soy vestido con jeans, tennis, blouson, de modo decontractado y un poco elegante.

Mi amigo se llama Dugontier es pequeños y no mucho hermoso, no tengo amiga porque les senoritas de mi lyceo no son hermosas y preferio trabajar, pensar tranquilamente à las cosas de la vida que a las cosas del amor.

Si no vienes yo vengo en España en Madrid donda habita tu. Recibe de tu correspondante Joseph (se dice Jose en espagnol) besos numerosos si se puede permitir.

Muy amicalmente.

JOSEPH

P.-S. Muchas gracias por el C.D. pero a mi no me gustar mucho las castagnettas y mi actor preferido est Mel Gibson porque se dice que ressemblo a el.

JOURNAL

Ça y est, j'ai une autre correspondante, et cette fois, c'est une Espagnole, et là, attention les yeux, c'est autre chose que l'autre Anglaise tronche de fouine, on dirait Ava Gardner. En jeune évidemment. On ne voit pas bien sur la photo, mais elle a l'air complètement formée, avec la poitrine et tout le reste. Une perfection. Même la Yasmine à côté d'elle, on ne la voit plus. C'est le vermicelle à côté de l'étoile, comme dit Victor Hugo.

Alors évidemment, j'ai pas envoyé ma photo parce que si elle voit la sole meunière avec les oreilles décollées, ça m'étonnerait que, bien qu'elle soit correspondante, elle continue à correspondre. C'est marrant d'ailleurs cette histoire d'oreilles décollées parce que c'est nouveau. D'habitude, quand on a les oreilles décollées, ça vient de l'enfance, on naît comme ça. Moi, pas du tout, j'ai des photos où je suis nourrisson, elles sont très collées contre la tête, et puis au fur et à mesure des années, elles s'écartent, et maintenant je dirais pas qu'elles sont perpendiculaires, mais presque ; on dirait qu'elles veulent partir et ça aussi, ça m'a rapproché de Dugontier parce que, lui alors, c'est incroyable : si le vent souffle dans le bon sens, il peut faire la traversée de l'Atlantique sans bateau. Et pourtant, il fait attention : le soir, il met du scotch pour pas qu'elles se replient sur l'oreiller, mais dès qu'il l'enlève, dzoing, elles se remettent droites. Y aurait qu'une chose qui pourrait nous sauver, c'est de porter les cheveux longs, mais ça alors, ça demande un combat de tous les instants, parce que Félicienne, c'est l'ennemi numéro 1 du cheveu long ! Si vous lui demandez pourquoi elle n'aime pas, elle répond que ça fait sale ; alors, avec grande patience, vous essayez de lui expliquer : « Pourquoi est-ce qu'un cheveu court serait plus propre qu'un cheveu long s'il est moins lavé ?... » En général, elle répond : « N'essaie pas de m'embrouiller. » Je n'essaie pas de l'embrouiller, c'est de la logique ; j'essaie de lui faire comprendre que si elle lave autant une chemise à manches longues qu'une chemise à manches courtes, la chemise à manches courtes sera pas plus propre que la longue. En général, elle est d'accord jusque-là. Mais quand vous lui dites : « Si c'est vrai pour une chemise, pourquoi est-ce que ça ne serait pas vrai pour des cheveux ? » elle commence à se dire que vous êtes en train d'essayer de la piéger, et elle croit aussi que les cheveux, c'est comme l'herbe, il faut les couper souvent si on veut les garder en bonne santé : elle confond avec la pelouse.

Le résultat de tout ça, c'est que depuis ma naissance, j'ai l'air nazi. Au coiffeur, quand elle m'accompagnait, elle disait : « Bien dégagé sur la nuque et les oreilles. » Résultat : engagez-vous dans les SS. Maintenant, j'y vais seul, mais c'est pas la peine que je lui demande de rien couper, parce que alors il me demanderait pourquoi je suis venu, et de toute façon, juste avant que j'arrive, elle a téléphoné et donné ses instructions précises ; donc il sait ce qu'il a à faire, et vas-y donc avec la tondeuse. Il s'en fout lui, il est chauve, et un coiffeur chauve, on peut dire tout ce qu'on veut, mais ça n'inspire pas confiance.

En tout cas, j'arrête pas de regarder la photo ; dans les premiers jours, je demandais pour aller aux waters, et une fois installé, je regardais la photo. Ce que j'aime bien chez elle, c'est non seulement qu'il y a la beauté, mais c'est surtout le regard doux, c'est ça qui est important : tu regardes cette fille et tu sais qu'elle ne va pas se moquer de toi ou dire des choses dures : « Tire-toi, p'tit con » ou des choses comme ça ; c'est impossible, et c'est ça qui est très important et magnifique chez les femmes. Tu la regardes et tu sais qu'elle est extrêmement intelligente, et surtout tu comprends qu'elle te pardonne tout, c'est très extraordinaire. Tu te dis que si tu as une femme comme ça, un jour tu tues deux cents personnes ou tu mets le feu à l'hôpital ou n'importe quoi de ce style, et tu rentres chez toi, eh bien elle est là, elle te fait pas un reproche, et même elle te regarde avec son air doux, et tu te dis merde, j'aurais pas dû tuer tous ces gens-là, parce qu'elle t'a rien dit et tu es honteux parce que tu sens qu'elle t'aime toujours. Ça me fout en l'air des regards comme ça, il y a rien à faire contre ça, tu peux pas lutter, tu sais que même si tu t'appliques, tu ne pourras jamais arriver à être aussi gentil, et c'est pour ça que j'aimerais bien aller en Espagne ; ou alors, si c'est elle qui vient à Paris, je la montrerai pas à Dugontier, et c'est pas parce que j'aurais peur qu'il me la pique, parce que avec sa tête de chou-fleur, il y a vraiment rien à craindre, mais c'est parce que, comme il est assez déconneur, il pourrait lui dire des trucs dégueulasses en français, des phrases d'origine sexuelle comme il l'a fait avec sa correspondante, et après ça, elle le regarderait avec son air très doux dans ses yeux qui comprennent tout, et elle lui pardonnerait, et ça me foutrait en l'air, et peut-être même je lui casserais la gueule, bien que ce soit mon copain.

Et en plus du regard, ça je n'en ai pas parlé encore, mais il faudrait écrire trois cents pages et on n'y arriverait pas, il faudrait décrire le sourire. Alors là, c'est la douceur aussi : on voit à peine les dents. C'est pas un sourire comme chez le photographe où on le fait exprès, même si on n'a pas envie, c'est à peine le haut des lèvres qui remonte et lui fait deux creux dans les joues : c'est magnifique parce que c'est pas exagéré. C'est une fille qui est tout en nuances.

Et puis Dolores, je trouve que c'est un joli nom ; évidemment, ça fait espagnol, mais quand on y réfléchit, on se dit que Joseph, ça fait français. On peut pas me le reprocher.

C'est une des photos que j'aurai le plus regardées, parfois j'ai l'impression que je l'use avec les yeux tellement je la fixe ; ça fait qu'une semaine que je l'ai reçue, et je la connais millième de millimètre par millième de centième de millimètre. Les cheveux sont très noirs, et si je peux me permettre quand même une critique, c'est la natte, ça j'aime pas trop. On me dira que c'est pas particulier à elle, mais je n'ai jamais aimé ça, je trouve que ça fait sérieux, trop rangé, et les filles que j'ai connues avec des nattes, il faut bien reconnaître que c'étaient des emmerdeuses-nées. Il y a des exceptions évidemment, mais méfiance quand même. Donc, depuis qu'il y a Dolores dans ma vie, je peux dire que la mère Yasmine, elle pourrait se peindre en vert, je m'en apercevrais même pas. Cette fois c'est bien fini, on n'en parle plus. En fait c'est ça la vie, on connaît une fille, tout va très bien question amour, et puis il y en a une autre qui arrive, et voilà : remplacée. Beaucoup de souffrances sur la terre à cause de ça. Elle habite à Madrid.

À l'école, ça sent la fin et pas trop tôt ; je n'ai pas très réussi l'histoire-géo mais je me rattrape avec les maths où là, miracle absolu, j'ai tout bon et sans copier. D'ailleurs, sur qui j'aurais pu puisque je suis à côté de Dugontier, et que lui il croit qu'une division décimale, c'est une division dans laquelle il n'y a que des hommes, alors c'est pas lui qui aurait pu me renseigner. Mais en fait, c'est pas parce qu'il y a les compos qu'on sent que ça se tire, c'est parce que la Brotteau met la pédale douce. Par exemple lundi, on arrive, par la force de l'habitude on ouvre les cahiers, on se dit : bon, allez, en avant pour sa connerie de dictée ; eh bien pas du tout, je ne sais pas si c'est parce qu'il y avait du vert dans les arbres de la cour ou le soleil qui tapait sur les vitres, elle nous a fait la lecture à la place. C'était chiant aussi d'ailleurs, mais moins que la dictée, et pour qu'elle fasse pas la dictée, Brotteau, faut vraiment qu'elle ait pris un grand coup d'été dans les dents. Ou alors elle a rencontré l'homme de sa vie, un type qui va en baver, « Eugénie Grandet » tous les soirs, et pour ce qui est de la sexualité, pas avant d'avoir corrigé les copies, et encore on verra après si les notes sont suffisantes. Donc, c'est dans l'air, la Yasmine a sorti ses tee-shirts violets Indiana University, et Félicienne m'a laissé sortir sans mon Damart, et ça, c'est le signe qui ne trompe pas... Parce que là aussi, j'en aurais à dire. Elle a deux ou trois trucs comme ça avec lesquels on ne rigole pas : il y a les vitamines, les cheveux courts qui peuvent pas être sales puisqu'ils sont pas longs, ça j'en ai déjà parlé, et il y a aussi le thermolactyl. Ça vient de l'enfance où j'ai eu une bronchite, mais ça fait des siècles ; je devais avoir six mois. Depuis, elle l'a bien entré dans sa tête, elle a décidé que j'étais fragile. Elle le répète à toutes ses copines : « Joseph est fragile. » Elle croit que dès qu'il y a un courant d'air, je vais avoir les poumons bloqués... Ça lui passe un peu, mais à une époque, c'était température pour un oui pour un non. Je rentrais de l'école, aussitôt main sur le front, sourcils froncés : « Oh, tu me fais de la fièvre, toi », et hop ! thermomètre. J'ai eu le thermomètre pendant des années. Ça lui aurait fait plaisir que je le garde en permanence, je me serais pas assis, c'est tout. Et un jour sur une publicité, elle a vu qu'avec le thermolactyl, c'était la santé garantie : plus de froid, les microbes sont noyés dans la sueur ; alors l'hiver, si on veut me décrire en partant de l'extérieur, j'ai mon anorak à carreaux, mon blouson en laine, mon pull à col roulé, ma chemise en laine aussi, et vous croyez peut-être qu'il n'y a plus rien, eh bien si ! Avant la peau, il y a le thermolactyl

– très seyant. Le résultat, c'est le ruissellement continu, un jour je sortirai de là complètement bouilli. Ça fait comme une cuisson. En général, elle rajoute un cache-nez, je ne parle pas des moufles, du bonnet et des chaussettes (deux paires). Une bonne douzaine de minutes pour me déshabiller. Mais le plus sacré dans tout ça, le fin du fin, c'est le thermolactyl, alors là on ne plaisante plus. Elle dit souvent : « Depuis le thermolactyl, il n'est plus malade », c'est faux, c'est parce que en grandissant, je deviens plus costaud, c'est tout, et quand elle veut bien que je l'enlève, ça veut dire qu'il fait à peu près quarante à l'ombre. Je déteste ce genre de tricot, c'est très épais, et le pire, c'est que ça fait éponge rembourrée, c'est comme si tu vivais à l'intérieur d'un matelas, enfin c'est comme l'anorak, je pourrais en écrire là-dessus.

Tout ça pour dire que c'est l'été, et voilà Champlatreux à l'horizon pendant deux mois. Je danse de joie.

L'histoire du thermolactyl, ça me fait penser que j'ai pas parlé de mes pantoufles. Thermolactyl aussi évidemment. Au point de vue encombrement, ça tire du côté de la chaussure de montagne, avec une chose remarquable : des semelles en élastomère antidérapantes. Vous pouvez marcher sur un glacier avec, vous ne risquez rien. Je l'ai souvent regretté, mais à la maison, il y a rien qui dérape parce qu'on a fait mettre de la moquette, alors c'est difficile de glisser, mais ça fait rien, j'ai les pantoufles pour. Fourrées évidemment. C'est comme si vous mettiez les pieds dans de la lave de volcan : au bout de dix minutes, les orteils rougissent... Les carreaux sont jaunes et verts.

Un bel écossais, ça s'harmonise assez avec mon anorak. Quand on les a achetées, Félicienne a bien précisé qu'elle les voulait montantes, de façon à ce que j'aille pas attraper la grippe en ayant froid aux tibias, et la marchande a dit une chose étonnante, elle a dit : « Si vous voulez, il y a une nouveauté. »

Félicienne, toujours à l'avant-garde du progrès, a fait : « Une nouveauté ? Ah oui ? Et laquelle ? »

Et la marchande a répondu : « On a un nouveau modèle en fibres polaires. »

J'ai tout de suite vu que ça l'a intéressée, j'ai lu mon destin dans ses yeux et j'ai compris que j'y échapperais pas parce qu'on n'échappe pas à son destin.

« Ah oui, et qu'est-ce que c'est la fibre polaire ?

— C'est un système de tissage où l'air ne passe plus. »

C'est la chaleur par étouffement d'après ce que j'ai compris. Ce doit être bien pour les Esquimaux et les explorateurs quand il y a des rafales de neige, mais comme je l'ai dit à Félicienne, à l'intérieur de l'appartement c'est quand même assez rare qu'il y ait du blizzard ; ou alors faut décider de laisser toutes les fenêtres ouvertes exprès, et on ne le fait jamais, et même en y réfléchissant, ça m'étonnerait que les Esquimaux se baladent en pantoufles sur la banquise.

Donc j'ai des pantoufles en fibres polaires. La honte. J'imagine Dolores qui sonne, très belle, avec sa robe espagnole à fleurs, les talons très hauts, pas de nattes, le rouge à lèvres ; moi je me lève, je me dis « Ça doit être le facteur », et je vais ouvrir. Sourire très doux de Dolores. « Buenos dias, Joseph. » Et à ce moment-là, elle baisse les yeux et elle voit mes deux péniches molles et rembourrées au bout de mes jambes, et elle se met à rire comme une folle, et elle me dit, en espagnol, qu'elle savait pas que je travaillais dans un cirque, que j'aurais dû la prévenir, ça lui aurait évité un voyage, qu'elle connaît plein de types à Madrid, très beaux, costauds, qui jouent de la guitare très bien et qui ont des chaussures normales aux pieds, et vlan, elle me balance la porte à la volée, et moi je cours après elle dans le couloir en essayant de jouer de mon fameux sens de l'humour qui me réussit tant auprès des femmes ; ou alors je lui dis que j'ai été amputé, que c'est des prothèses, enfin je m'arrête avec cette histoire parce que ça me fait monter la fièvre, et Félicienne me refilerait double dose de vitamines.

Donc voilà, l'école se termine. L'année prochaine, on n'aura plus Brotteau ni Rosy la Culotte, ni les autres têtes d'Arioul. Ce qui est bizarre, c'est que je les aimais pas trop, mais ça me rend triste de les quitter.

C'est le temps qui passe.

Et puis faut dire qu'on sait ce qu'on perd, mais on sait pas ce qu'on gagne. D'après ce que j'ai pu entendre dire par des mecs de cinquième au sujet des profs, je risque d'hériter de quelques clients sérieux. Méfiance, prudence. Enfin, on verra bien.

Le plus con de tout, c'est que Dugontier redouble.

On sera plus ensemble l'année prochaine. On se marrait bien. Enfin, il y aura encore la cour où on pourra jouer, mais c'est plus pareil parce que c'est pas dans la cour qu'on se marrait le mieux, c'était en classe parce que là, il y a du danger. Et puis, sauf si je grandis pendant les vacances, l'année prochaine ça sera moi le plus petit, et ça, c'est pas enviable, c'est le complexe assuré jusqu'à la fin de mes jours.

Deux mois de Champlatreux à l'horizon alors qu'il y a une fille qui m'attend à Madrid, ça va être dur, mais d'une certaine façon, j'aime bien ça parce que je vais pouvoir m'imaginer.

J'aime bien quand tout se passe à l'intérieur de la tête parce que comme ça, on peut arranger les histoires comme on veut, et si on y réfléchit, on peut se dire qu'il n'y a vraiment que là que ça se passe bien : pas de déceptions, tout s'enchaîne au petit quart de poil, alors que dans la vie, il y a toujours quelque chose qui déconne, et je dis pas ça parce que je suis un type pessimiste, au contraire je serais plutôt du genre gai, mais faut savoir reconnaître les choses de la réalité.

Enfin je vais lui écrire souvent, lui faire des poèmes en espagnol, lui décrire les couchers de soleil sur la Fouillette. La Fouillette, c'est le ruisseau qui passe à Champlatreux, personne n'a jamais vu quelque chose d'aussi laid, mais les vers ça arrange tout.

Le plus con de tout, c'est que Benamou passe aussi en cinquième.

Grâce à la gym.

Il sait toujours pas lire mais ça fait rien, Benamar lui a collé un max et monsieur est en cinquième. Bravo l'Education nationale, c'est piston et compagnie. Le résultat, c'est qu'il sera encore là avec Yasmine qui passe aussi de justesse, mais comme on passe tous de justesse, il y a rien à dire. Ça ne me gêne pas du tout puisque maintenant, j'ai Dolores.

Au fait, j'ai pas raconté que mercredi on est allés au Louvre avec l'école. Le jour des scolaires. On était en gros deux millions à faire la queue ; comme je déteste la foule, j'étais servi. Ils ont ouvert de nouvelles salles. Très beau. Pas beaucoup de couleurs mais très beau ; j'aime bien la sculpture, surtout quand les mecs sont entortillés avec des serpents ou qu'ils enlèvent des bonnes femmes qui se tordent les bras dans tous les sens, très bien sculpté. C'est ce que je préfère. Dugontier aussi, mais lui c'est parce que les gens sont à poil, alors il vérifie s'ils ont bien tout ce qu'il faut, les couilles et tout le reste, mais la plupart du temps il est feinté parce que c'est caché par la pudeur. Ils ont toujours une main devant ou un bras, ou ils croisent les jambes, ou une feuille de vigne, et évidemment qui c'est qui ricanait devant les déesses torse nu ?... Même pas la peine de deviner, c'est Benamou.

On a vu aussi les tableaux mais on est passés devant à cent à l'heure, et comme c'était noir de monde, et moi au milieu avec mon 1,12 mètre, je vous dis pas comme j'ai profité.

J'ai entendu dire qu'il y avait des Rubens. Tant mieux.

Ce que j'ai préféré dans tout ça, c'est le type qui a les doigts coincés dans un tronc d'arbre et qui se fait bouffer par un lion, alors ça c'est terrible parce qu'on voit les griffes qui entrent dans la peau, et c'est pas de la peau évidemment, mais c'est très bien imité, et puis surtout la tête du type c'est quelque chose, on voit qu'il a mal. Il faut dire qu'avec une patte prise et un lion qui vous mord les fesses, on peut pas crier bravo.

Admirons la souffrance.

C'est un métier incroyable de difficulté la sculpture : d'abord, il faut taper comme un sourd avec un marteau, et si tu donnes un coup trop fort d'un millimètre, ça y est, à refaire, faut prendre un autre bloc de marbre, et on recommence. Jamais je ne ferai ça, je préfère être sans domicile fixe.

La peinture, ça me plairait mieux, mais c'est le matériel qui manque parce que ce que j'aimerais faire, c'est les batailles, les grands tableaux de cinquante mètres carrés avec les chevaux, les sabres, les archers en haut des tours, les mecs qui tombent parfois avec tous les détails des cuirasses, des reflets sur les épées, et Napoléon dans le fond sur une colline. Ça, c'est très beau, mais quand je vois ma boîte d'aquarelle avec mon pinceau à trois poils, je me dis qu'avec ça, si j'arrive à peindre une marguerite dans un verre d'eau, ce sera déjà pas mal ; donc il y a trop de contraste, alors pour la peinture c'est un handicap, et puis je suis pas doué, parfois je dessine et à chaque fois, c'est la même question, que ce soit Félicien, Félicienne, mémé ou Dugontier ou n'importe qui, ils se penchent sur la feuille et ils disent : « Qu'est-ce que ça représente ? » Ça me scie les pattes. Les gens ne font aucun effort.

Alors je dis : « C'est un mousquetaire. » En général, ils font : « Où ça ? » Faut que je leur montre avec le doigt, et alors à ce moment-là ils hochent la tête et ils s'en vont, et ça me fout en l'air parce que je suis même pas sûr qu'ils l'ont vu.

Le pire, c'est mémé, elle le fait moins maintenant que j'ai grandi, mais il y a quelques années, c'était la cata complète. Elle regardait ma feuille et elle disait : « Oh, comme c'est bien, venez voir, Joseph a dessiné la Tour Eiffel ! » Et je disais : « C'est pas la Tour Eiffel, c'est Cyrano de Bergerac. » Très pénible. Elle avait pas toujours ses lunettes, mais quand même, il y a des limites. Ça, c'est pour la peinture. Pour la musique aussi, j'ai un problème. Tous les types de ma classe, c'est walkman et compagnie, et ils se disent des noms de groupes : « T'as vu les Bimboum-boys ? C'est quand même mieux que les Brothers Sisters, et Machin déménage un max, et ça me défonce la tête avec les drums etc., etc. » J'arrive plus à les suivre. Ils voudraient tous être à la guitare, à la batterie, au synthé, j'ose pas trop le faire remarquer, mais moi alors le rock, ça me fait vomir. À la maison, ils sont pas trop chauds non plus pour écouter tout ça. De temps en temps le matin, Félicienne siffle un peu « La Traviata », et c'est à peu près tout. C'est drôle d'ailleurs une femme qui siffle, en général c'est les mecs ; elle, elle y arrive très bien, micux quc moi, même, c'est son père qui lui a appris pour appeler au secours si par hasard elle se faisait attaquer, parce que quand elle était jeune, elle habitait derrière Saint-Ouen, et c'était un quartier assez dur. Ça lui a jamais servi, mais maintenant, elle peut chanter « La Traviata ». Donc j'aime bien ce genre de musique, et pour terminer ma formation musicale, de temps en temps, Félicien chante « Only you ». Il prend une voix de fille et il fait comme s'il avait le hoquet. Comme il sait pas l'anglais, il répète toujours « Only you, only you... », et c'est pas terrible. Je préfère nettement « La Traviata » ; en tout cas chez nous, il n'y a pas le choix : c'est l'un ou c'est l'autre.

Alors si on fait les comptes, au point de vue artistique, ça donne pas grand-chose : la sculpture, non, la peinture, non, la musique, non, alors le résultat de tout ça, c'est que j'écris, là ça va.

Il reste acteur aussi mais là, c'est le physique qui manque, ou alors faudrait pas qu'ils me filment de profil, mais là ça poserait des problèmes si à chaque fois il fallait calculer, donc terminé.

Plus je vais, plus je pense donc que peut-être je serai auteur. C'est pas mal comme vie, de temps en temps on en voit à la télé, ils sont assez vieux en général et ça n'a pas l'air mal chez eux, ils ont des jardins la plupart du temps, et assez mal habillés, mais comme ils s'en foutent, c'est pas grave. Je ne sais pas si ça gagne de l'argent, il faudra que je me renseigne.

En tout cas, j'ai commencé un autre roman parce que l'espionnage, je n'étais pas fait pour ça, alors j'ai choisi autre chose, et je suis assez content parce que le premier chapitre démarre bien, je ne sais pas comment il va finir, mais c'est pas grave, parce que ça se décidera au fur et à mesure, ce sera comme dans la vie, on ne sait pas comment ça se termine, et à mon avis, il vaut mieux.

ROMAN

CHAPITRE I
LA RENCONTRE

Mel Schwarzcooperback fumait nerveusement sa vingtième cigarette blonde de l'après-midi et scrutait le ciel à travers ses lunettes noires qu'il portait quand il ne voulait pas que ses admiratrices s'élancent vers lui en tentant de lui déchirer sa chemise en criant : « C'est Mel ! C'est Mel, oui, oui, c'est bien Mel ! » Comme il en avait assez de tout ça, il avait mis ses lunettes, et ses cheveux magnifiques n'étaient même pas peignés, il s'en fichait pas mal.

Il scrutait le ciel et regardait sa superbe montre avec les aiguilles en diamant en se disant : l'avion a du retard.

En effet, il attendait le vol de Madrid.

Dans l'appareil se trouvait une fille qu'il ne connaissait pas encore, et qui allait devenir sa secrétaire car il l'avait engagée par téléphone.

Et c'est à ce moment-là qu'il entend la voix de l'hôtesse dans les haut-parleurs : « L'avion de Madrid vient d'arriver porte numéro 24. » Mel soupire en pensant : « C'est pas trop tôt » et va à la porte et il attend. La foule descend ; il y a de tout, des vieux, des jeunes, des moches, des beaux, des femmes, des hommes, et tous en général parlent espagnol, et à un moment, il y a une femme assez jeune mais assez grosse qui le regarde. Elle est pas terrible physiquement mais comme il s'en fout, il lui fait un sourire et dit :

— Je vous attendais.

Elle aussi fait un sourire et dit :

— Tant mieux.

Le dialogue commence entre les deux.

— Vous avez fait un bon voyage ?

— Excellent, on a été un peu remués mais ce n'est pas très long.

— J'en suis content.

Comme il est assez sympa et bienveillant, il lui prend ses valises et dit :

— Vous voulez boire un café ?

— Oui.

Alors ils y vont. C'est dans l'aéroport, ils s'assoient sur des fauteuils et ils commencent à boire.

— Je vous ai reconnu tout de suite, dit la grosse, j'ai vu tous vos films.

— Ah, dit Mel, et ça vous a plu ?

— Oui. Embrassez-moi.

Il est suffoqué parce qu'il s'attendait pas à ça, il arrivait tranquille de sa maison de campagne très luxueuse dans sa Ferrari en se disant : « Je pourrais envoyer mon chauffeur, mais tiens, je vais y aller moi-même, c'est plus sympathique pour faire connaissance avec ma secrétaire », et ça fait pas cinq minutes qu'elle est là que, déjà, elle demande qu'il l'embrasse... alors il n'est pas d'accord et il trouve ça exagéré de sa part. Il se dit : « Celle-là, elle ne va pas faire l'affaire parce que, lorsqu'elle sera à son bureau, elle va chercher à m'embrasser par tous les moyens, et je ne serai pas un instant tranquille. » Il faut expliquer que Mel est un homme très beau mais très solitaire, et il n'aime pas que les filles essaient de l'entraîner. Et en plus, elle est grosse, alors là, rien à faire.

— Je ne veux pas vous embrasser, dit-il sévèrement, je n'en ai pas envie.

— Moi si, dit la fille.

— C'est moi qui commande, dit Mel, que ça ne se reproduise plus, allez, buvez votre café et partez, Dolores.

La grosse pose sa tasse et le regarde, stupéfaite.

— Qu'est-ce que vous avez dit ? dit-elle.

Et en plus elle est sourde, pense Mel. Il répète :

— J'ai dit : buvez votre café et partez.

— Oui, oui, dit-elle, ça j'avais entendu, mais comment m'avez-vous appelée ?

— Dolores, dit Mel.

La grosse a l'air étonnée.

— C'est drôle, dit-elle.

— Ah oui ? dit Mel. Et pourquoi est-ce que vous trouvez ça drôle ?

— Parce que je m'appelle Françoise, dit-elle.

Et c'est à ce moment-là que Mel s'aperçoit que la fille n'a pas d'accent espagnol, et tout à coup derrière lui, une très belle douce voix retentit et dit :

— Dolores, c'est moi.

Alors il se retourne et il reste stupéfié.

Dans sa tête grondante, se fait entendre une magnifique musique comme il n'en a jamais écouté. C'est tellement beau qu'il chancelle. C'est une fille avec un doux sourire espiègle et des yeux comme des étoiles dans la nuit profonde, et c'est le coup de foudre immense. Il arrive quand même à parler.

— Je me suis trompé, dit-il, j'ai cru que c'était elle.

Il montre la grosse, il ne sait plus du tout où il en est parce que c'est la première fois que ça lui arrive ; d'habitude, avec les filles, il ne fait même pas attention mais là, il voudrait se marier tout de suite, c'est l'amour.

— D'accord, dit la grosse, je vous laisse.

Elle prend ses valises et hop, la porte.

Mel et Dolores restent debout, face à face, ils se regardent, ils ne disent rien. C'est pas la peine. Ils tremblent : ça y est, ils se sont rencontrés.

Fin du premier chapitre.

JOURNAL

Alors ça, c'est la meilleure, j'arrive pas à écrire assez vite tellement je voudrais raconter, c'est une histoire de tapé complet, je suis même pas sûr que ça me soit arrivé, et pourtant c'est certain, on ne peut pas inventer des trucs pareils, car il n'y a que dans la vie que ça peut arriver, et en plus, quand ça arrive, ça a l'air faux et alors on ne sait plus. Enfin si, je sais, c'était hier après-midi après la classe, je ne sais même pas si je vais pouvoir décrire tellement je suis énervé, mais il faut.

Donc je commence par le début. On était dans la cour et balle au priso. C'était balle au priso parce que le foot, c'est interdit à cause des carreaux tout autour, un shoot et diguiling, diguiling, vous voyez ce que je veux dire, donc balle au priso, et je me fais choper dans les débuts, fidèle à ma méthode habituelle, parce que comme ça, j'ai la paix, pendant ce temps-là les autres courent dans tous les sens, et moi je peux me livrer à mes pensées. Et à ce moment-là, Yasmine se fait prendre aussi, elle se met à côté de moi et elle me dit : « Qu'est-ce que tu fais pendant les vacances ? »

Moi je fais pas trop attention parce que tout mon esprit est parti en direction de Madrid, et je dis : « Je vais dans ma campagne. »

Elle hoche la tête et elle me fait : « Pourquoi tu viens pas en colo ? On se marre bien. »

Elle y va tout le temps en colo parce que chez elle, c'est frères et sœurs dans tous les coins, ils sont au moins douze, j'ai renoncé à les compter, alors dès qu'il y a des vacances, ils partent avec la mairie.

J'ajoute quand même : « Et puis je vais peut-être aller en Espagne. »

Elle m'écoute même pas. Elle regarde très rêveusement les autres qui jouent au ballon et elle me dit : « Viens, j'ai quelque chose à te montrer. »

Je vérifie quand même où est Benamou parce qu'on ne sait jamais, des fois qu'il croie que je fais du rentre-dedans à sa gonzesse alors que je m'en fous pas mal puisque moi, c'est Dolores, et je le vois qui se démène comme un fou pour taper dans le tas avec son ballon, bref, toujours aussi con.

Je marche derrière la Yasmine et on arrive sous l'escalier et là, elle s'arrête et elle me dit : « T'es timide, hein, Joseph ? »

Alors là, suffoqué, j'ai jamais connu la timidité, des fois je sens que je deviens rouge mais c'est tout, en plus ça vient tout seul, je me sens pas gêné ni rien, ça monte et ça me chauffe aux joues, c'est tout. Ça m'empêche pas d'être sûr de moi et même, parfois assez gonflé. Et évidemment, manque de pot, juste au moment où elle me dit ça, je sens que ça y est, que je tourne au géranium, et ça je l'avais déjà remarqué, il suffit que tu dises à quelqu'un : « Oh regarde-le, il va rougir », pour qu'aussitôt le mec, il devienne tout rouge, et je vais pour me tirer parce que je voyais pas ce que je pouvais faire d'autre, et j'allais pas rester planté devant cette fille jusqu'à la fin de mes jours, quand là, arrive l'extraordinaire, pire que les Martiens.

Je vois sa tête qui se rapproche, qui se rapproche avec les yeux qui grandissent, qui grandissent, et qui se ferment avec les cils comme un rideau, et ça me fait comme une chaleur dans la bouche que j'avais laissée ouverte par hasard, et puis aussi parce que j'ai des végétations, et ça serait pas grand-chose à faire comme opération, mais Félicienne recule toujours en disant : « Plus tard, plus tard. » Et en plus elle me bloque la nuque avec son bras comme dans les films, et je sens la salive qui me coule sur le menton, et je sens aussi une joie terrible qui m'envahit partout comme une chaleur grandissante et je me dis : ça y est Joseph, ça y est, tu embrasses une fille, tu embrasses une fille ! Enfin là, c'était plutôt l'inverse, c'est la fille qui embrassait le garçon, mais quand on réfléchit bien, on se rend compte que ça revient au même. Et ça continue, et ça continue, et moi j'étais content mais j'avais deux trouilles : la première c'est qu'on se fasse piquer, la deuxième c'est que je savais pas quoi faire avec mes mains, parce que quand c'est la première fois, on n'est pas dans le coup, et finalement on peut être malhabile, et là elle m'a quand même bien aidé parce que, c'est elle qui m'a collé d'office ma main gauche dans son dos, et l'autre dans ses cheveux derrière la tête, parce que, elle, forcément, avec l'habitude qu'elle a, elle sait comment s'y prendre, c'est une vieille de la vieille.

On s'est arrêtés juste avant que je sois asphyxié, et là on a échangé quelques phrases.

Je ne les recopie pas. Même sous la torture, motus et bouche cousue, grand secret, mur de la vie privée. Affaire d'amour.

Après on est sortis, c'était la fin de l'école pour cette année, et dans le brouillard j'ai vu ce con de Benamou qui faisait le malin, pas du tout au courant de ce qui venait de lui arriver. Dugontier voulait qu'on aille faire le dernier flipper, mais moi pas du tout. Je voulais profiter du souvenir. Je savais déjà que si je pensais assez fort à ce qui venait de se passer, la chaleur allait revenir, que je reverrais ses yeux en gros plan comme au cinéma, et que ça n'arrêterait pas jusqu'à la fin de ma vie.

Quand je suis arrivé à la maison, Félicienne m'a dit : « T'as une lettre d'Espagne. » Alors ça, on peut dire que j'en avais strictement rien à cirer, parce que le principe est simple : faut savoir respecter ses sentiments. Puisqu'elle quitte Benamou, j'arrête avec Dolores.

Normal.

Donc ça y est, j'ai une fille.

Je m'y prends assez tôt mais c'est pas plus mal, parce que je peux l'avouer maintenant, ça faisait longtemps que j'y pensais. Oui, cette fois, ça y est, je suis parti sur les chemins de l'aventure de l'amour. C'est vrai aussi que parfois, elle m'a énervé cette fille, mais jamais complètement, juste un petit moment difficile comme il y en a dans tous les couples.

Pas grave.

Enfin, j'ai deux mois devant moi pour réfléchir. Je vais lui écrire évidemment, ça peut même être une lettre par jour, comme Cyrano de Bergerac, avec les poèmes, la tendresse, l'intelligence, tout ça, parce que en fait le principe est simple : faut les rendre folles de vous.

En plus ça sera pas difficile parce que d'après ce qu'elle m'a dit, ça faisait longtemps qu'elle avait envie de m'embrasser. Va savoir pourquoi.

Mystère des relations humaines.

En tout cas ça y est, elle est parvenue à ses fins. Reste le problème Benamou mais on s'en fout de Benamou, il s'en trouvera bien une autre, et puis en deux mois, je peux pousser et, peut-être en septembre je serai aussi grand que lui, et alors là faudra pas trop qu'il me cherche, parce qu'il finirait vite par me trouver. Peut-être même je vais faire un peu de gym à la campagne, histoire de me ramasser un peu de biscottos, et puis les femmes aiment assez les types musclés, alors autant leur faire plaisir. Voilà. Peut-être que je suis pas si mal que ça physiquement, peut-être même que je suis assez bien, parce que après tout, il y a bien trois cents mecs dans le bahut, et c'est moi qu'elle a choisi, alors on peut en tirer des conclusions.

Ça m'a remonté le moral cette histoire, parce que même si plus tard, on se marie pas parce que d'ici là, j'en aurai peut-être trouvé une autre mieux et elle aussi, eh bien ça ne fait rien, c'est quand même une chose qui, lorsqu'elle vous arrive, est extrêmement intéressante pour la personnalité, alors je me regarde dans la glace et je me dis :

« Bonnes vacances, Joseph. »

Du même auteur
aux Editions Albin Michel :

LAURA BRAMS
HAUTE-PIERRE
POVCHÉRI
WERTHER, CE SOIR
RUE DES BONS-ENFANTS
(prix des Maisons de la Presse 1990)
BELLES GALÈRES
MENTEUR
TOUT CE QUE JOSEPH ÉCRIVIT CETTE ANNÉE-LÀ
VILLA VANILLE

chez Jean-Claude Lattès :

L'AMOUR AVEUGLE
MONSIEUR PAPA
(porté à l'écran)
E= MC^2 MON AMOUR
(porté à l'écran sous le titre *I love you, je t'aime*)
POURQUOI PAS NOUS ?
(porté à l'écran sous le titre *Mieux vaut tard que jamais*)
HUIT JOURS EN ÉTÉ
C'ÉTAIT LE PÉROU
NOUS ALLIONS VERS LES BEAUX JOURS
DANS LES BRAS DU VENT

Le Livre de Poche Biblio

Extrait du catalogue

Sherwood ANDERSON
Pauvre Blanc

Guillaume APOLLINAIRE
L'Hérésiarque et Cie

Miguel Angel ASTURIAS
Le Pape vert

Djuna BARNES
La Passion

Andrei BIELY
La Colombe d'argent

Adolfo BIOY CASARES
Journal de la guerre au cochon

Karen BLIXEN
Sept contes gothiques

Mikhail BOULGAKOV
La Garde blanche
Le Maître et Marguerite
J'ai tué
Les Œufs fatidiques
Récits d'un jeune médecin

Ivan BOUNINE
Les Allées sombres

André BRETON
Anthologie de l'humour noir
Arcane 17

Erskine CALDWELL
Les Braves Gens du Tennessee

Italo CALVINO
Le Vicomte pourfendu

Elias CANETTI
Histoire d'une jeunesse (1905-1921) - *La langue sauvée*
Histoire d'une vie (1921-1931) - *Le flambeau dans l'oreille*
Histoire d'une vie (1931-1937) - *Jeux de regard*
Les Voix de Marrakech

Raymond CARVER
Les Vitamines du bonheur
Parlez-moi d'amour
Tais-toi, je t'en prie

Camillo José CELA
Le Joli Crime du carabinier

Blaise CENDRARS
Rhum

Varlam CHALAMOV
La Nuit
Quai de l'enfer

Jacques CHARDONNE
Les Destinées sentimentales
L'Amour c'est beaucoup plus que l'amour

Jerome CHARYN
Frog

Bruce CHATWIN
Le Chant des pistes

Hugo CLAUS
Honte

Carlo COCCIOLI
Le Ciel et la Terre
Le Caillou blanc
La Ville et le Sang

Jean COCTEAU
La Difficulté d'être
Clair-obscur

Cyril CONNOLLY
Le Tombeau de Palinure
Ce qu'il faut faire pour ne plus être écrivain
100 Livres clés de la littérature moderne

Joseph CONRAD
Sextuor

Joseph CONRAD
et Ford MADOX FORD
L'Aventure

René CREVEL
La Mort difficile
Mon corps et moi

Alfred DÖBLIN
Le Tigre bleu
L'Empoisonnement

Lawrence DURRELL
Cefalù
Vénus et la mer
L'Ile de Prospero
Citrons acides
La Papesse Jeanne

Friedrich DÜRRENMATT
La Panne
La Visite de la vieille dame
La Mission
Grec cherche Grecque
La Promesse

Shûsaku ENDÔ
Douleurs exquises

J.G. FARRELL
Le Siège de Krishnapur

John FOWLES
La Tour d'ébène

Paula FOX
Pauvre Georges !
Personnages désespérés

Jean GIONO
Mort d'un personnage
Le Serpent d'étoiles
Triomphe de la vie
Les Vraies Richesses

Jean GIRAUDOUX
Combat avec l'ange
Choix des élues
Les Aventures de Jérôme Bardini
Les Cinq Tentations de La Fontaine

Vassili GROSSMAN
Tout passe

Knut HAMSUN
La Faim
Esclaves de l'amour
Mystères
Victoria
Sous l'étoile d'automne
Un vagabond joue en sourdine
Auguste le marin
La Ville de Segelfoss

Hermann HESSE
Rosshalde
L'Enfance d'un magicien
Le Dernier Été de Klingsor
Peter Camenzind
Le Poète chinois
Souvenirs d'un Européen
Le Voyage d'Orient
La Conversion de Casanova
Les Frères du soleil
Knulp

Bohumil HRABAL
Moi qui ai servi le roi d'Angleterre
Les Palabreurs
Tendre Barbare

Yasushi INOUÉ
Le Fusil de chasse
Le Faussaire

Henry JAMES
Roderick Hudson
La Coupe d'or
Le Tour d'écrou
La Muse tragique

Ernst JÜNGER
Orages d'acier
Jardins et routes
(Journal I, 1939-1940)
Premier journal parisien
(Journal II, 1941-1943)
Second journal parisien
(Journal III, 1943-1945)
La Cabane dans la vigne
(Journal IV, 1945-1948)
Héliopolis
Abeilles de verre

Ismail KADARÉ
Avril brisé
Qui a ramené Doruntine ?
Le Général de l'armée morte
Invitation à un concert officiel
La Niche de la honte
L'Année noire
Le Palais des rêves
Clair de lune
Le Printemps albanais

Franz KAFKA
Journal

Yasunari KAWABATA
Les Belles Endormies
Pays de neige
La Danseuse d'Izu
Le Lac
Kyôto
Le Grondement de la montagne
Le Maître ou le tournoi de go
Chronique d'Asakusa
Les Servantes d'auberge
L'Adolescent
Tristesse et Beauté

Abé KÔBÔ
La Femme des sables
Le Plan déchiqueté
Mort anonyme

Andrzeij KUSNIEWICZ
L'État d'apesanteur

Pär LAGERKVIST
Barabbas

LAO SHE
Le Pousse-pousse
Un fils tombé du ciel

D.H. LAWRENCE
Le Serpent à plumes

Primo LEVI
Lilith
Le Fabricant de miroirs
Le Système périodique

Sinclair LEWIS
Babbitt

LUXUN
Histoire d'AQ : Véridique biographie

Carson McCULLERS
Le cœur est un chasseur solitaire
Reflets dans un œil d'or
La Ballade du café triste
L'Horloge sans aiguilles
Frankie Addams
Le Cœur hypothéqué

Naguib MAHFOUZ
Impasse des deux palais
Le Palais du désir
Le Jardin du passé

Klaus MANN
La Danse pieuse

Thomas MANN
Le Docteur Faustus
Les Buddenbrook
Les Confessions du chevalier d'industrie Félix Krull
Déception

Katherine MANSFIELD
La Journée de Mr. Reginald Peacock

Somerset MAUGHAM
Mrs Craddock

Henry MILLER
Un diable au paradis
Le Colosse de Maroussi
Max et les phagocytes

Paul MORAND
La Route des Indes
Bains de mer
East India and Company

Vladimir NABOKOV
Ada ou l'ardeur

Anaïs NIN
Journal 1 - *1931-1934*
Journal 2 - *1934-1939*
Journal 3 - *1939-1944*
Journal 4 - *1944-1947*

Joyce Carol OATES
Le Pays des merveilles
Amours profanes

Edna O'BRIEN
Un cœur fanatique
Une rose dans le cœur
Les Victimes de la paix

PA KIN
Famille

Mervyn PEAKE
Titus d'Enfer

Leo PERUTZ
La Neige de saint Pierre
La Troisième Balle
La Nuit sous le pont de pierre
Turlupin
Le Maître du jugement dernier
Où roules-tu, petite pomme ?
Le Marquis de Bolibar

Luigi PIRANDELLO
La Dernière Séquence
Feu Mathias Pascal

Ezra POUND
Les Cantos

Augusto ROA BASTOS
Moi, le Suprême

Joseph ROTH
Le Poids de la grâce

Raymond ROUSSEL
Impressions d'Afrique

Salman RUSHDIE
Les Enfants de minuit

Arthur SCHNITZLER
Vienne au crépuscule
Une jeunesse viennoise
Le Lieutenant Gustel
Thérèse
Les Dernières Cartes
Mademoiselle Else

Leonardo SCIASCIA
Œil de chèvre
La Sorcière et le Capitaine
Monsieur le Député
Petites Chroniques
Le Chevalier et la Mort
Portes ouvertes

Isaac Bashevis SINGER
Shosha
Le Domaine

André SINIAVSKI
Bonne nuit !

Muriel SPARK
Le Banquet
Les Belles Années de Mademoiselle Brodie
Une serre sur l'East River

George STEINER
Le Transport de A. H.

Andrzej SZCZYPIORSKI
La Jolie Madame Seidenman

Milos TSERNIANSKI
Migrations

Maria TSVÉTAEVA
Le Diable et autres récits

Tarjei VESAAS
Le Germe

Alexandre VIALATTE
La Dame du Job
La Maison du joueur de flûte

Ernst WEISS
L'Aristocrate

Franz WERFEL
Le Passé ressuscité
Une écriture bleu pâle

Thornton WILDER
Le Pont du roi Saint-Louis
Mr. North

Virginia WOOLF
Orlando
Les Vagues
Mrs. Dalloway
La Promenade au phare
La Chambre de Jacob
Entre les actes
Flush
Instants de vie

Composition réalisée par JOUVE

IMPRIMÉ EN FRANCE PAR BRODARD ET TAUPIN
Usine de La Flèche (Sarthe).
LIBRAIRIE GÉNÉRALE FRANÇAISE - 43, quai de Grenelle - 75015 Paris.
ISBN : 2 - 253 - 13966 - 1

31/3966/4